U0840501

詩經

〔漢〕鄭玄 箋

第二册

中華書局

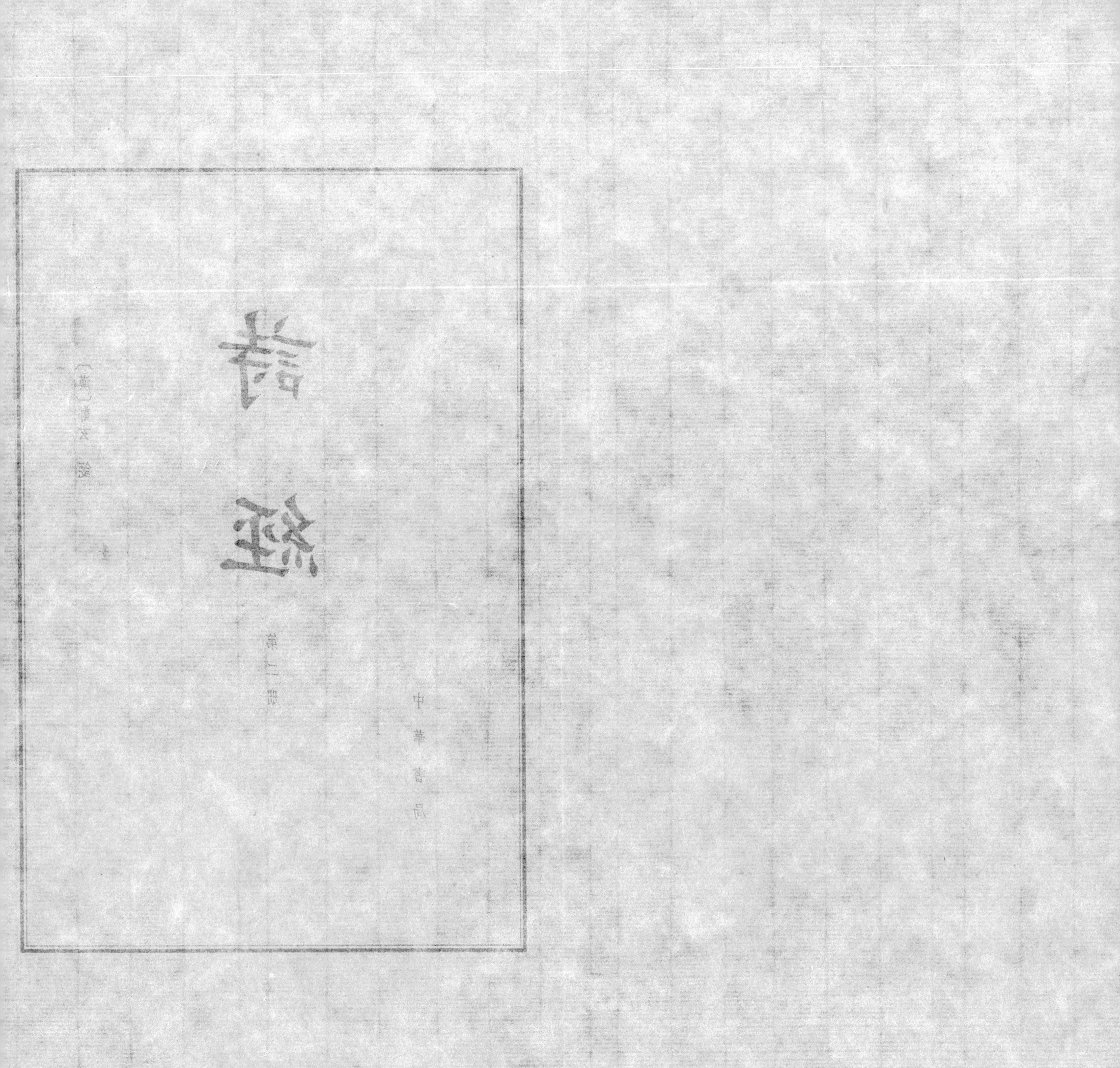

毛詩卷第四

王黍離詁訓傳第六　國風　鄭氏箋

黍離

《黍離》，閔宗周也。周大夫行役至于宗周，過故宗廟宮室，盡爲禾黍。閔周室之顛覆，彷徨不忍去，而作是詩也。宗周，鎬京也，謂之西周。周，王城也，謂之東周。幽王之亂而宗周滅，平王東遷，政遂微弱，下列於諸侯，其詩不能復雅，而同於國風焉。

彼黍離離，彼稷之苗。彼，彼宗廟宮室。箋云：宗廟宮室毀壞，而其地盡爲禾黍。我以黍離離時至，稷則尚苗。行邁靡靡，中心搖搖。邁，行也。靡靡，猶遲遲也。搖搖，憂無所愬。箋云：行，道也。道行，猶行道也。知我者，謂我心憂，箋云：知我者，知我之情。不知我者，謂我何求。箋云：謂我何求，怪我久留不去。悠悠蒼天，此何人哉！悠悠，遠意。蒼天，以體言之。尊而君之，則稱皇天；元氣廣大，則稱昊天；仁覆閔下，則稱旻天；自上降鑒，則稱上天；據遠視之蒼蒼然，則稱蒼天。箋云：遠乎蒼天，仰愬欲其察己言也。此亡國之君，何等人哉！疾之甚。

彼黍離離，彼稷之穗。穗，秀也。詩人自黍離離見稷之穗，故歷道其所更見。行邁靡靡，中心如醉。醉於憂也。知我者，謂我心憂，不知我者，謂我何求。悠悠蒼天，此何人哉！

彼黍離離，彼稷之實。自黍離離見稷之實。行邁靡靡，中心如噎。噎，憂不能息也。知我者，謂我心憂，不知我者，謂我何求。悠悠蒼天，此何人哉！

《黍離》三章，章十句。

君子于役

《君子于役》，刺平王也。君子行役無期度，大夫思其危難以

風焉。

君子于役，不知其期，曷至哉？箋云：曷，何也。君子往行役，我不知其反期，何時當來至哉！思之甚。雞棲于塒，日之夕矣，羊牛下來。鑿牆而棲曰塒。箋云：雞之將棲，日則夕矣，牛羊從下牧地而來。言畜産出入，尚使有期節，至於行役者，乃反不也。君子于役，如之何勿思！箋云：行役多危難，我誠思之。

君子于役，不日不月，曷其有佸？佸，會也。箋云：行役反無日月，何時而有來會期。雞棲于桀，日之夕矣，羊牛下括。雞棲于杙爲桀。括，至也。君子于役，苟無飢渴？箋云：苟，且也。且得無飢渴，憂其飢渴也。

《君子于役》二章，章八句。

君子陽陽

《君子陽陽》，閔周也。君子遭亂，相招爲禄仕，全身遠害而

已。禄仕者，苟得禄而已，不求道行。

君子陽陽，左執簧，右招我由房，陽陽，無所用其心也。簧，笙也。由，用也。國君有房中之樂。箋云：由，從也。君子禄仕在樂官，左手持笙，右手招我，欲使我從之於房中，俱在樂官也。我者，君子之友自謂也，時在位，有官職也。其樂只且。箋云：君子遭亂，道不行，其且樂此而已。

君子陶陶，左執翿，右招我由敖，陶陶，和樂貌。翿，纛也，翳也。箋云：陶陶，猶陽陽也。翳，舞者所持，謂羽舞也。君子左手持羽，右手招我，欲使我從之於燕舞之位，亦俱在樂官也。其樂只且。

《君子陽陽》二章，章四句。

揚之水

《揚之水》，刺平王也。不撫其民，而遠屯戍于母家，周人怨

思焉。怨平王恩澤不行於民，而久令屯戍，不得歸，思其鄉里之處者。言周人者，時諸侯亦有使人戍焉。平王母家申國，在陳、鄭之南，迫近彊楚，王室微弱，而數見侵伐，王是以戍之。

揚之水，不流束薪。興也。揚，激揚也。箋云：激揚之水至湍迅，而不能流移束薪。興者，喻平王政教煩急，而恩澤之令不行于下民。彼其之子，不與我戍申。戍，守也。申，姜姓之國，平王之舅。箋云：之子，是子也。彼其是子，獨處鄉里，不與我來守申，是思之言也。「其」或作「記」，或作「己」，讀聲相似。懷哉懷哉，曷月予還歸哉？箋云：懷，安也。思鄉里處者，故曰今亦安不哉，安不哉，何月我得歸還見之哉。思之甚。

揚之水，不流束楚。楚，木也。彼其之子，不與我戍甫。甫，諸姜也。懷哉懷哉，曷月予還歸哉？

揚之水，不流束蒲。蒲，草也。箋云：蒲，蒲柳。彼其之子，不與我戍許。許，諸姜也。懷哉懷哉，曷月予還歸哉？

《揚之水》三章，章六句。

中谷有蓷

《中谷有蓷》，閔周也。夫婦日以衰薄，凶年饑饉，室家相棄爾。

中谷有蓷，暵其乾矣。興也。蓷，鵻也。暵，菸貌。陸草生於谷中，傷於水。箋云：興者，喻人居平安之世，猶鵻之生於陸，自然也。遇衰亂凶年，猶鵻之生谷中，得水則病將死。有女仳離，嘅其嘆矣。仳，別也。箋云：有女遇凶年而見棄，與其君子別離，嘅然而嘆，傷己見棄，其恩薄。嘅其嘆矣，遇人之艱難矣。艱亦難也。箋云：所以嘅然而嘆者，自傷遇君子之窮厄。

中谷有蓷，暵其脩矣。脩，且乾也。有女仳離，條其歗矣。條條然歗也。條其歗矣，遇人之不淑矣。箋云：淑，善也。君子於己不善也。

中谷有蓷，暵其濕矣。鵻遇水則濕。箋云：鵻之傷於水，始則濕，中而脩，久而乾。有似君子於己之恩，徒用凶年深淺爲厚薄。有女仳離，啜其泣矣。啜，泣貌。啜其泣矣，何嗟及矣。箋云：及，與也。泣者傷其君子棄己，嗟乎，將復何與爲室家乎！

此其有餘厚於君子也。

《中谷有蓷》三章，章六句。

兔爰

《兔爰》，閔周也。桓王失信，諸侯背叛，構怨連禍，王師傷敗，君子不樂其生焉。不樂其生者，寐不欲覺之謂也。

有兔爰爰，雉離于羅。興也。爰爰，緩意。鳥網爲羅。言爲政有緩有急，用心之不均。箋云：有緩者，有所聽縱也；有急者，有所躁蹙也。我生之初，尚無爲。尚無成人爲也。箋云：尚，庶幾也。言我幼稚之時，庶幾於無所爲，謂軍役之事也。我生之後，逢此百罹，尚寐無吪。罹，憂。吪，動也。箋云：我長大之後，乃遇此軍役之多憂。今但庶幾於寐，不欲見動，無所樂生之甚。

有兔爰爰，雉離于罦。罦，覆車也。我生之初，尚無造。造，僞也。

我生之後，逢此百憂，尚寐無覺！

有兔爰爰，雉離於罿。罿，罬也。我生之初，尚無庸。庸，用也。箋云：庸，勞也。我生之後，逢此百凶，尚寐無聰。聰，聞也。箋云：百凶者，王構怨連禍之凶。

《兔爰》三章，章七句。

葛藟

《葛藟》，王族刺平王也。周室道衰，棄其九族焉。九族者，據己上至高祖、下及玄孫之親。

緜緜葛藟，在河之滸。興也。緜緜，長不絕之貌。水厓曰滸。箋云：葛也藟也，生於河之厓，得其潤澤，以長大而不絕。興者，喻王之同姓，得王之恩施，以生長其子孫。終遠兄弟，謂他人父。兄弟之道，已相遠矣。箋云：兄弟，猶言族親也。王寡於恩施，今已遠棄族親矣，是我謂他人爲己父。族人尚親親之辭。謂他人父，亦莫我顧。箋云：謂他

人爲己父，無恩於我，亦無顧眷我之意。

緜緜葛藟，在河之涘。涘，厓也。終遠兄弟，謂他人母。王又無母恩。謂他人母，亦莫我有。箋云：有，識有也。

緜緜葛藟，在河之漘。漘，水隒也。終遠兄弟，謂他人昆。昆，兄也。謂他人昆，亦莫我聞。箋云：不與我相聞命也。

《葛藟》三章，章六句。

采葛

《采葛》，懼讒也。桓王之時，政事不明，臣無大小使出者，則爲讒人所毀，故懼之。

彼采葛兮，一日不見，如三月兮。興也。葛所以爲絺綌也。事雖小，一日不見於君，憂懼於讒矣。箋云：興者，以采葛喻臣以小事使出。

彼采蕭兮，一日不見，如三秋兮。蕭所以共祭祀。箋云：彼采蕭者，喻臣以大事使出。

彼采艾兮，一日不見，如三歲兮。艾所以療疾。箋云：彼采艾者，喻臣以急事使出。

《采葛》三章，章三句。

大車

《大車》，刺周大夫也。禮義陵遲，男女淫奔，故陳古以刺今大夫不能聽男女之訟焉。

大車檻檻，毳衣如菼。大車，大夫之車。檻檻，車行聲也。毳衣，大夫之服。菼，鵻也，蘆之初生者也。天子大夫四命，其出封五命，如子男之服。乘其大車檻檻然，服毳冕以決訟。箋云：菼，薍也。古者天子大夫服毳冕以巡行邦國，而決男女之訟，則是子男入爲大夫者。毳衣之屬，衣繢而裳繡，皆有五色焉，其青者如鵻。豈不爾思？畏子不敢。畏子大夫

之政，終不敢。箋云：此二句者，古之欲淫奔者之辭。我豈不思與女以爲無禮與？畏子大夫來聽訟，將罪我，故不敢也。子者，稱所尊敬之辭。

大車哼哼，毳衣如璊。哼哼，重遲之貌。璊，赬也。豈不爾思？畏子不奔。

穀則異室，死則同穴。謂予不信，有如皦日。穀，生。皦，白也。生在於室，則外内異，死則神合，同爲一也。箋云：穴，謂塚壙中也。此章言古之大夫聽訟之政，非但不敢淫奔，乃使夫婦之禮有别。今之大夫不能然，反謂我言不信。我言之信，如白日也。刺其闇於古禮。

《大車》三章，章四句。

丘中有麻

《丘中有麻》，思賢也。莊王不明，賢人放逐，國人思之，而作是詩也。思之者，思其來，己得見之。

丘中有麻，彼留子嗟。留，大夫氏。子嗟，字也。丘中墝埆之處，盡有麻、麥、草、木，乃彼子嗟之所治。箋云：子嗟放逐於朝，去治卑賤之職而有功，所在則治理，所以爲賢。彼

留子嗟，將其來施施。施施，難進之意。箋云：施施，舒行，伺閒獨來見己之貌。

丘中有麥，彼留子國。子國，子嗟父。箋云：言子國使丘中有麥，著其世賢。彼留子國，將其來食。子國復來，我乃得食。箋云：言其將來食，庶其親己，己得厚待之。

丘中有李，彼留之子。箋云：丘中而有李，又留氏之子所治。彼留之子，貽我佩玖。玖，石次玉者。言能遺我美寶。箋云：留氏之子，於思者則朋友之子，庶其敬己而遺己也。

《丘中有麻》三章，章四句。

王國十篇，二十八章，百六十二句。

鄭緇衣詁訓傳第七

緇衣

《緇衣》，美武公也。父子並爲周司徒，善於其職，國人宜之，故美其德，以明有國善善之功焉。父，謂武公父桓公也。司徒之職掌十二教。善善者，治之有功也。鄭國之人皆謂桓公、武公居司徒之官，正得其宜。

緇衣之宜兮，敝予又改爲兮。緇，黑色，卿士聽朝之正服也。改，更也。有德君子，宜世居卿士之位焉。箋云：緇衣者，居私朝之服也。天子之朝服，皮弁服也。適子之館兮，還予授子之粲兮。適，之。館，舍。粲，餐也。諸侯入爲天子卿士，受采禄。箋云：卿士所之之館，在天子之宫，如今之諸廬也。自館還在采地之都，我則設餐以授之。愛之，欲飲食之。

緇衣之好兮，敝予又改造兮。好，猶宜也。箋云：造，爲也。適子之館兮，還予授子之粲兮。

緇衣之蓆兮，敝予又改作兮。蓆，大也。箋云：作，爲也。適子之館兮，還予授子之粲兮。

《緇衣》三章，章四句。

將仲子

《將仲子》，刺莊公也。不勝其母，以害其弟。弟叔失道而公弗制，祭仲諫而公弗聽，小不忍以致大亂焉。莊公之母，謂武姜。生莊公及弟叔段，段好勇而無禮。公不早爲之所，而使驕慢。

將仲子兮！無踰我里，無折我樹杞。將，請也。仲子，祭仲也。踰，越。里，居也。二十五家爲里。杞，木名也。折，言傷害也。箋云：祭仲驟諫，莊公不能用其言，故言請，固距之。「無踰我里」，喻言無干我親戚也。「無折我樹杞」，喻言無傷害我兄弟也。仲初諫曰：「君將與之，臣請事之。君若不與，臣請除之。」豈敢愛之？畏我父母。箋云：段將爲害，我豈敢愛之而不誅與？以父母之故，故不爲也。仲可懷也，父母之言，亦可畏也。

箋云：懷私曰懷。言仲子之言可私懷也。我迫於父母，有言不得從也。

將仲子兮！無踰我牆，無折我樹桑。牆，垣也。桑，木之衆也。豈敢愛之？畏我諸兄。諸兄，公族。仲可懷也，諸兄之言，亦可畏也。

將仲子兮！無踰我園，無折我樹檀。園，所以樹木也。檀，彊韌之木。豈敢愛之？畏人之多言。仲可懷也，人之多言，亦可畏也。

《將仲子》三章，章八句。

叔于田

《叔于田》，刺莊公也。叔處于京，繕甲治兵，以出于田，國人說而歸之。繕之言善也。甲，鎧也。

大叔于田，巷無居人。叔，大叔段也。田，取禽也。巷，里塗也。箋云：叔往田，國人注心于叔，似如無人處。豈無居人？不如叔也，洵美且仁。箋云：洵，信也。

言叔信美好而又仁。

叔于狩，巷無飲酒。冬獵曰狩。箋云：飲酒，謂燕飲也。豈無飲酒？不如叔也，洵美且好。

叔適野，巷無服馬。箋云：適，之也。郊外曰野。服馬，猶乘馬也。豈無服馬？不如叔也，洵美且武。箋云：武，有武節。

《叔于田》三章，章五句。

大叔于田

《大叔于田》，刺莊公也。叔多才而好勇，不義而得衆也。

大叔于田，乘乘馬。叔之從公田也。執轡如組，兩驂如舞。驂之與服，和諧中節。箋云：如組者，如織組之爲也。在旁曰驂。叔在藪，火烈具舉。藪，澤，禽之府也。烈，列。具，俱也。箋云：列人持火俱舉，言衆同心。襢裼暴虎，獻于公所。

襢裼，肉袒也。暴虎，空手以搏之。箋云：「獻于公所」，進於君也。將叔無狃，戒其傷女。狃，習也。箋云：狃，復也。請叔無復者，愛也。

叔于田，乘乘黄。四馬皆黄。兩服上襄，兩驂鴈行。箋云：兩服，中央夾轅者。襄，駕也。上駕者，言爲衆馬之最良也。鴈行者，言與中服相次序。叔在藪，火烈具揚。揚，揚光也。叔善射忌，又良御忌。忌，辭也。箋云：良，亦善也。忌，讀如「彼己之子」之己。抑磬控忌，抑縱送忌。騁馬曰磬。止馬曰控。發矢曰縱。從禽曰送。

叔于田，乘乘鴇。驪白雜毛曰鴇。兩服齊首，馬首齊也。兩驂如手。進止如御者之手。箋云：如人左右手之相佐助也。叔在藪，火烈具阜。阜，盛也。叔馬慢忌，叔發罕忌。慢，遲。罕，希也。箋云：田事且畢，則其馬行遲，發矢希。抑釋掤忌，抑鬯弓忌。掤，所以覆矢。鬯弓，弢弓。箋云：射者蓋矢弢弓，言田事畢。

《大叔于田》三章，章十句。

清人

《清人》，刺文公也。高克好利而不顧其君，文公惡而欲遠之，不能。使高克將兵而禦狄于竟，陳其師旅，翱翔河上。久而不召，衆散而歸，高克奔陳。公子素惡高克進之不以禮，文公退之不以道，危國亡師之本，故作是詩也。好利不顧其君，注心於利也。禦狄于竟，時狄侵衛。

清人在彭，駟介旁旁。清，邑也。彭，衛之河上，鄭之郊也。介，甲也。箋云：清者，高克所帥衆之邑也。駟，四馬也。二矛重英，河上乎翱翔。重英，矛有英飾也。箋云：二矛，酋矛、夷矛也，各有畫飾。

清人在消，駟介麃麃。消，河上地也。麃麃，武貌。二矛重喬，河上乎逍遥。重喬，累荷也。箋云：喬，矛矜近上及室題，所以縣毛羽。

清人在軸，駟介陶陶。軸，河上地也。陶陶，驅馳之貌。左旋右抽，中軍作好。左旋，講兵。右抽，抽矢以射。居軍中爲容好。箋云：左，左人，謂御者。右，車右也。

中軍，謂將也。高克之爲將，久不得歸，日使其御者習旋車，車右抽刃，自居中央，爲軍之容好而已。兵車之法，將居鼓下，故御者在左。

《清人》三章，章四句。

羔裘

《羔裘》，刺朝也。言古之君子，以風其朝焉。言，猶道也。鄭自莊公，而賢者陵遲，朝無忠正之臣，故刺之。

羔裘如濡，洵直且侯。如濡，潤澤也。洵，均。侯，君也。箋云：緇衣、羔裘，諸侯之朝服也。言古朝廷之臣，皆忠直且君也。君者，言正其衣冠，尊其瞻視，儼然人望而畏之。彼其之子，舍命不渝。渝，變也。箋云：舍，猶處也。之子，是子也。是子處命不變，謂守死善道，見危授命之等。

羔裘豹飾，孔武有力。豹飾，緣以豹皮也。孔，甚也。彼其之子，邦之司直。司，主也。

羔裘晏兮，三英粲兮。晏，鮮盛貌。三英，三德也。箋云：三德，剛克、柔克、正直也。粲，衆意。彼其之子，邦之彥兮。彥，士之美稱。

《羔裘》三章，章四句。

遵大路

《遵大路》，思君子也。莊公失道，君子去之，國人思望焉。

遵大路兮，摻執子之袪兮。遵，循。路，道。摻，擥。袪，袂也。箋云：思望君子，於道中見之，則欲擥持其袂而留之。無我惡兮，不寁故也。寁，速也。箋云：子無惡我擥持子之袂，我乃以莊公不速於先君之道，使我然。

遵大路兮，摻執子之手兮。箋云：言執手者，思望之甚。無我魗兮，不寁好也。魗，棄也。箋云：魗亦惡也。好猶善也。子無惡我，我乃以莊公不速於善道，使我然。

《遵大路》二章，章四句。

女曰雞鳴

《女曰雞鳴》，刺不説德也。陳古義以刺今，不説德而好色也。德，謂士大夫賓客有德者。

女曰雞鳴，士曰昧旦。箋云：此夫婦相警覺以夙興，言不留色也。子興視夜，明星有爛。言小星已不見也。箋云：明星尚爛爛然，早於别色時。將翱將翔，弋鳧與鴈。閒於政事，則翱翔習射。箋云：弋，繳射也。言無事則往弋射鳧鴈，以待賓客爲燕具。

弋言加之，與子宜之。宜，肴也。箋云：言，我也。子，謂賓客也。所弋之鳧鴈，我以爲加豆之實，與君子共肴也。宜言飲酒，與子偕老。箋云：宜乎我燕樂賓客而飲酒，與之俱至老。親愛之言也。琴瑟在御，莫不静好。君子無故不徹琴瑟。賓主和樂，無不安好。

知子之來之，雜佩以贈之。雜佩者，珩、璜、琚、瑀、衝牙之類。箋云：贈，送也。我若知子之必來，我則豫儲雜佩，去則以送子也。與異國賓客燕時，雖無此物，猶言之，以致其厚意。其若有之，固將行之。士大夫以君命出使，主國之臣必以燕禮樂之，助君之歡。知子之順之，雜佩以問之。問，遺也。箋云：順，謂與己和順。知子之好之，雜佩以報之。箋云：好，謂與己同好。

《女曰雞鳴》三章，章六句。

有女同車

《有女同車》，刺忽也。鄭人刺忽之不昏于齊。太子忽嘗有功于齊，齊侯請妻之。齊女賢而不取，卒以無大國之助，至於見逐，故國人刺之。忽，鄭莊公世子，祭仲逐之而立突。

有女同車，顔如舜華。親迎同車也。舜，木槿也。箋云：鄭人刺忽不取齊女，

親迎與之同車，故稱同車之禮，齊女之美。**將翱將翔，佩玉瓊琚。**佩有琚瑀，所以納閒。**彼美孟姜，洵美且都。**孟姜，齊之長女。都，閑也。箋云：洵，信也。言孟姜信美好，且閑習婦禮。

有女同行，顏如舜英。行，行道也。英猶華也。箋云：女始乘車，壻御輪三周，御者代壻。**將翱將翔，佩玉將將。**將將，鳴玉而後行。**彼美孟姜，德音不忘。**箋云：不忘者，後世傳道其德也。

《有女同車》二章，章六句。

山有扶蘇

《山有扶蘇》，刺忽也。所美非美然。言忽所美之人，實非美人。

山有扶蘇，隰有荷華。興也。扶蘇，扶胥，小木也。荷華，扶渠也，其華菡萏。言高下大小各得其宜也。箋云：興者，扶胥之木生于山，喻忽置不正之人于上位也。荷華生于隰，喻忽置有美德者于下位。此言其用臣顛倒，失其所也。**不見子都，乃見狂且。**子都，世之美好者也。狂，狂人也。且，辭也。箋云：人之好美色，不往覩子都，乃反往覩狂醜之人，以興忽好善，不任用賢者，反任用小人，其意同。

山有喬松，隰有游龍。松，木也。龍，紅草也。箋云：游龍，猶放縱也。喬松在山上，喻忽無恩澤於大臣也。紅草放縱支葉於隰中，喻忽聽恣小臣。此又言養臣，顛倒失其所也。**不見子充，乃見狡童。**子充，良人也。狡童，昭公也。箋云：人之好忠良之人，不往覩子充，乃反往覩狡童。狡童有貌而無實。

《山有扶蘇》二章，章四句。

蘀兮

《蘀兮》，刺忽也。君弱臣强，不倡而和也。不倡而和，君臣各失其禮，不相倡和。

蘀兮蘀兮，風其吹女。興也。蘀，槁也。人臣待君倡而後和。箋云：槁，謂木葉也。木葉槁，待風乃落。興者，風喻號令也，喻君有政教，臣乃行之。言此者，刺今不然。叔兮伯兮，倡予和女。叔，伯，言羣臣長幼也。君倡臣和也。箋云：叔、伯，羣臣相謂也。羣臣無其君而行，自以强弱相服。女倡矣，我則將和之。言此者，刺其自專也。叔、伯，兄弟之稱。

蘀兮蘀兮，風其漂女。漂，猶吹也。叔兮伯兮，倡予要女。要，成也。

《蘀兮》二章，章四句。

狡童

《狡童》，刺忽也。不能與賢人圖事，權臣擅命也。權臣擅命，祭仲專也。

彼狡童兮，不與我言兮。昭公有壯狡之志。箋云：不與我言者，賢者欲與忽圖國之政事，而忽不能受之，故云然。維子之故，使我不能餐兮。憂懼不遑餐也。

彼狡童兮，不與我食兮。不與賢人共食禄。維子之故，使我不能息兮。憂不能息也。

《狡童》二章，章四句。

褰裳

《褰裳》，思見正也。狂童恣行，國人思大國之正己也。狂童恣行，謂突與忽爭國，更出更入，而無大國正之。

子惠思我，褰裳涉溱。惠，愛也。溱，水名也。箋云：子者，斥大國之正卿，子若愛而思我，我國有突篡國之事，而可征而正之，我則揭衣渡溱水往告難也。子不我思，豈無他人？箋云：言他人者，先鄉齊、晉、宋、衛，後之荆楚。狂童之狂也且。狂行童昏所化也。箋云：狂童之人，日爲狂行，故使我言此也。

子惠思我，褰裳涉洧。洧，水名也。子不我思，豈無他士？士，事也。箋云：他士，猶他人也。大國之卿，當天子之上士。狂童之狂也且。

《褰裳》二章，章五句。

丰

《丰》，刺亂也。昏姻之道缺，陽倡而陰不和，男行而女不隨。昏姻之道，謂嫁取之禮。

子之丰兮，俟我乎巷兮，丰，豐滿也。巷，門外也。箋云：子，謂親迎者。我，我將嫁者。有親迎我者，面貌丰丰然豐滿，善人也，出門而待我於巷中。悔予不送兮！時有違而不至者。箋云：悔乎我不送是子而去也。時不送，則爲異人之色，後不得耦而思之。

子之昌兮，俟我乎堂兮，昌，盛壯貌。箋云：「堂」當爲「棖」。棖，門梱上木近邊者。悔予不將兮！將，行也。箋云：將，亦送也。

衣錦褧衣，裳錦褧裳。衣錦、褧裳，嫁者之服。箋云：褧，禪也，蓋以禪穀爲之中衣。裳用錦，而上加禪穀焉，爲其文之大著也。庶人之妻嫁服也。士妻紂衣纁袡。叔兮伯兮，駕予與行！叔伯，迎己者。箋云：言此者，以前之悔。今則叔也伯也，來迎己者，從之，志又易也。

裳錦褧裳，衣錦褧衣。兮叔伯兮，駕予與歸。

《丰》四章，二章章三句，二章章四句。

東門之墠

《東門之墠》，刺亂也。男女有不待禮而相奔者也。

東門之墠，茹藘在阪。東門，城東門也。墠，除地町町者。茹藘，茅蒐也。男女之際，近而易則如東門之墠，遠而難則如茹藘在阪。箋云：城東門之外有墠，墠邊有阪，茅蒐生焉。茅蒐之爲難淺矣，易越而出。此女欲奔男之辭。其室則邇，其人甚遠！邇，近也。得禮則近，不得禮則遠。箋云：其室則近，謂所欲奔男之家。望其來迎己而不來，則爲遠。

東門之栗，有踐家室。栗，行上栗也。踐，淺也。箋云：栗而在淺家室之內，言易竊取。栗，人所啗食而甘者，故女以自喻也。豈不爾思？子不我即！即，就也。箋云：

我豈不思望女乎，女不就迎我而俱去耳。

《東門之墠》二章，章四句。

風雨

《風雨》，思君子也。亂世則思君子，不改其度焉。

風雨淒淒，雞鳴喈喈。興也。風且雨，淒淒然，雞猶守時而鳴，喈喈然。箋云：興者，喻君子雖居亂世，不變改其節度。既見君子，云胡不夷？胡，何。夷，説也。箋云：思而見之，云何而心不説？

風雨瀟瀟，雞鳴膠膠。瀟瀟，暴疾也。膠膠，猶喈喈也。既見君子，云胡不瘳？瘳，愈也。

風雨如晦，雞鳴不已。晦，昏也。箋云：已，止也。雞不爲如晦而止不鳴。既見君子，云胡不喜？

《風雨》三章，章四句。

子衿

《子衿》，刺學校廢也。亂世則學校不脩焉。鄭國謂學爲校，言可以校正道藝。

青青子衿，悠悠我心。青衿，青領也，學子之所服。箋云：學子而俱在學校之中，己留彼去，故隨而思之耳。禮：「父母在，衣純以青。」縱我不往，子寧不嗣音？嗣，習也。古者教以詩樂，誦之歌之，絃之舞之。箋云：嗣，續也。女曾不傳聲問我以恩，責其忘己。

青青子佩，悠悠我思。佩，佩玉也。士佩瓀珉而青組綬。縱我不往，子寧不來？不來者，言不一來也。

挑兮達兮，在城闕兮。挑、達，往來相見貌。乘城而見闕。箋云：國亂，人廢學業，但好登高見於城闕，以俟望爲樂。一日不見，如三月兮。言禮樂不可一日而廢。箋云：

闍，讀當如「彼都人士」之「都」，謂國外曲城之中市里也。荼，茅秀，物之輕者，飛行無常。雖則如荼，匪我思且。箋云：「匪我思且」，猶「非我思存」也。縞衣茹藘，聊可與娛。茹藘，茅蒐之染女服也。娛，樂也。箋云：茅蒐，染巾也。聊可與娛，且可留與我爲樂。心欲留之言也。

《出其東門》二章，章六句。

野有蔓草

《野有蔓草》，思遇時也。君之澤不下流，民窮於兵革，男女失時，思不期而會焉。「不期而會」，謂不相與期而自俱會。

野有蔓草，零露漙兮。興也。野，四郊之外。蔓，延也。漙，漙然盛多也。箋云：零，落也。蔓草而有露，謂仲春之時，草始生，霜爲露也。《周禮》「仲春之月，令會男女之無夫家者」。有美一人，清揚婉兮。邂逅相遇，適我願兮。清揚，眉目之間婉然美也。邂逅，不期而會，適其時願。

野有蔓草，零露瀼瀼。瀼瀼，盛貌。有美一人，婉如清揚。邂逅相遇，與子皆臧。臧，善也。

《野有蔓草》二章，章六句。

溱洧

《溱洧》，刺亂也。兵革不息，男女相棄，淫風大行，莫之能救焉。救，猶止也。亂者，士與女合會溱、洧之上。

溱與洧，方渙渙兮。溱、洧，鄭兩水名。渙渙，春水盛也。箋云：仲春之時，冰以釋，水則渙渙然。士與女，方秉蕑兮。蕑，蘭也。箋云：男女相弃，各無匹耦，感春氣並出，託采芬香之草，而爲淫泆之行。女曰觀乎，士曰既且。箋云：「女曰觀乎」，欲與士觀於寬閒之處。既，已也。士曰已觀矣，未從之也。且往觀乎！洧之外，洵訏且樂。訏，

大也。箋云：洵，信也。女情急，故勸男使往觀於洧之外，言其土地信寬大又樂也。於是男則往

也。維士與女，伊其相謔，贈之以勺藥。勺藥，香草。箋云：伊，因也。士與女往觀，因相與戲謔，行夫婦之事。其別，則送女以勺藥，結恩情也。

溱與洧，瀏其清矣。瀏，深貌。士與女，殷其盈矣。殷，衆也。女曰觀乎，士曰既且。且往觀乎！洧之外，洵訏且樂。維士與女，伊其將謔，贈之以勺藥。箋云：將，大也。

《溱洧》二章，章十二句。

鄭國二十一篇，五十三章，二百八十三句。

大也。箋云：洵，信也。女情急，故勸男使往觀於洧之外，言其土地信寬大又樂也。於是男女則往

也。維士與女，伊其相謔，贈之以勺藥。勺藥，香草。箋云：伊，因也。士與女

往觀，因相與戲謔，行夫婦之事。其別，則送女以勺藥，結恩情也。

溱與洧，瀏其清矣。瀏，深貌。士與女，殷其盈矣。殷，衆也。女曰

觀乎？士曰既且。且往觀乎！洧之外，洵訏且樂。維士與女，伊其

將謔，贈之以勺藥。箋云：將，大也。

《溱洧》二章，章十二句。

鄭國二十一篇，五十三章，二百八十三句。

毛詩卷第五

齊雞鳴詁訓傳第八　國風　鄭氏箋

雞鳴

《雞鳴》，思賢妃也。哀公荒淫怠慢，故陳賢妃貞女，夙夜警戒相成之道焉。

雞既鳴矣，朝既盈矣。雞鳴而夫人作，朝盈而君作。箋云：雞鳴朝盈，夫人也，君也，可以起之常禮。匪雞則鳴，蒼蠅之聲。蒼蠅之聲，有似遠雞之鳴。箋云：夫人以蠅聲爲雞鳴，則起早於常禮，敬也。

東方明矣，朝既昌矣。東方明，則夫人纚笄而朝，朝已昌盛，則君聽朝。箋云：東方明，朝既昌，亦夫人也，君也，可以朝之常禮。君日出而視朝。匪東方則明，月出之光。見月出之光，以爲東方明。箋云：夫人以月光爲東方明，則朝亦敬也。

蟲飛薨薨，甘與子同夢。古之夫人配其君子，亦不忘其敬。箋云：蟲飛薨薨，東方且明之時，我猶樂與子卧而同夢，言親愛之無已。會且歸矣，無庶予子憎。會，會於朝也。卿大夫朝會於君。朝聽政，夕歸，治其家事。無庶予子憎，無見惡於夫人。箋云：庶，衆也。蟲飛薨薨，所以當起者，卿大夫朝者且罷歸故也。無使衆臣以我故憎惡於子，戒之也。

《雞鳴》三章，章四句。

還

《還》，刺荒也。哀公好田獵，從禽獸而無厭，國人化之，遂成風俗。習於田獵謂之賢，閑於馳逐謂之好焉。荒，謂政事廢亂。

子之還兮，遭我乎峱之閒兮。還，便捷之貌。峱，山名。箋云：子也、我也，皆士大夫也，俱出田獵而相遭也。並驅從兩肩兮，揖我謂我儇兮。從，逐也。獸三歲曰肩。儇，利也。箋云：並，併也。子也、我也，併驅而逐二獸。子則揖耦我，謂我儇，譽之也。譽之者，以報前言還也。

子之茂兮，遭我乎猺之道兮。茂，美也。竝驅從兩牡兮，揖我謂我好兮。箋云：譽之言好者，以報前言茂也。

子之昌兮，遭我乎猺之陽兮。昌，盛也。箋云：昌，佼好貌。竝驅從兩狼兮，揖我謂我臧兮。狼，獸名。臧，善也。

《還》三章，章四句。

著

《著》，刺時也。時不親迎也。時不親迎，故陳親迎之禮以刺之。

俟我於著乎而，充耳以素乎而，俟，待也。門屏之閒曰著。素，象瑱。箋云：我，嫁者自謂也。待我於著，謂從君子而出至於著，君子揖之時也，我視君子，則以素爲充耳。謂所以縣瑱者，或名爲紞，織之，人君五色，臣則三色而已。此言素者，目所先見而云。尚之以瓊華乎而。瓊華，美石，士之服也。箋云：尚猶飾也。飾之以瓊華者，謂縣紞之末，所謂瑱也。人君以玉爲之。瓊華，石色似瓊也。

俟我於庭乎而，充耳以青乎而，青，青玉。箋云：待我於庭，謂揖我於庭時。青，紞之青。尚之以瓊瑩乎而。瓊瑩，石似玉，卿大夫之服也。箋云：石色似瓊、似瑩也。

俟我於堂乎而，充耳以黃乎而，黃，黃玉。箋云：黃，紞之黃。尚之以瓊英乎而。瓊英，美石似玉者，人君之服也。箋云：瓊英猶瓊華也。

《著》三章，章三句。

東方之日

《東方之日》，刺衰也。君臣失道，男女淫奔，不能以禮化也。

東方之日兮，彼姝者子，在我室兮。興也。日出東方，人君明盛，無不照察也。姝者，初昏之貌。箋云：言東方之日者，愬之乎耳。有姝然美好之子，來在我室，欲與我爲室家，我無如之何也。日在東方，其明未融。興者，喻君不明。在我室兮，履我即兮。

履，禮也。箋云：即，就也。在我室者，以禮來，我則就之，與之去也。言今者之子，不以禮來也。

東方之月兮，彼姝者子，在我闥兮。月盛於東方。君明於上，若日也。臣察於下，若月也。闥，門内也。箋云：月以興臣，月在東方，亦言不明。在我闥兮，履我發兮。發，行也。箋云：以禮來，則我行而與之去。

《東方之日》二章，章五句。

東方未明

《東方未明》，刺無節也。朝廷興居無節，號令不時，挈壺氏不能掌其職焉。號令，猶召呼也。挈壺氏，掌漏刻者。

東方未明，顛倒衣裳。上曰衣，下曰裳。箋云：挈壺氏失漏刻之節，東方未明而以爲明，故羣臣促遽顛倒衣裳。羣臣之朝，别色始入。顛之倒之，自公召之。箋云：自，從也。羣臣顛倒衣裳而朝，人又從君所來而召之，漏刻失節，君又早興。

東方未晞，顛倒裳衣。晞，明之始升。倒之顛之，自公令之。令，告也。

折柳樊圃，狂夫瞿瞿。柳，桑脆之木。樊，藩也。圃，菜園也。折柳以爲藩園，無益於禁矣。瞿瞿，無守之貌。古者有挈壺氏以水火分日夜，以告時於朝。箋云：柳木之不可以爲藩，猶是狂夫不任挈壺氏之事。不能辰夜，不夙則莫。辰，時。夙，早。莫，晚也。箋云：此言不任其事者，恒失節數也。

《東方未明》三章，章四句。

南山

《南山》，刺襄公也。鳥獸之行，淫乎其妹，大夫遇是惡，作詩而去之。襄公之妹，魯桓公夫人文姜也。襄公素與淫通。及嫁，公適之。公與夫人如齊，夫人愬之襄公。襄公使公子彭生乘公而搤殺之，夫人久留於齊。莊公即位後乃來，猶復會齊侯于禚、于祝丘，又如齊師。齊大夫見襄公行惡如是，作詩以刺之。又非魯桓公不能禁制夫人而去之。

憂勞也。箋云：言無德而求諸侯，徒勞其心忉忉耳。

無田甫田，維莠桀桀。桀桀，猶驕驕也。無思遠人，勞心怛怛。怛怛，猶忉忉也。

婉兮孌兮，總角丱兮。未幾見兮，突而弁兮。婉孌，少好貌。總角，聚兩髦也。丱，幼穉也。弁，冠也。箋云：人君内善其身，外脩其德，居無幾何，可以立功，猶是婉孌之童子，少自脩飾，丱然而稚，見之無幾何，突耳加冠爲成人也。

《甫田》三章，章四句。

盧令

《盧令》，刺荒也。襄公好田獵畢弋，而不脩民事，百姓苦之，故陳古以風焉。畢，噣也。弋，繳射也。

盧令令，其人美且仁。盧，田犬。令令，纓環聲。言人君能有美德，盡其仁愛，百姓欣而奉之，愛而樂之。順時遊田，與百姓共其樂，同其獲，故百姓聞而説之，其聲令令然。

盧重環，其人美且鬈。重環，子母環也。鬈，好貌。箋云：鬈，讀當作權。權，勇壯也。

盧重鋂，其人美且偲。鋂，一環貫二也。偲，才也。箋云：才，多才也。

《盧令》三章，章二句。

敝笱

《敝笱》，刺文姜也。齊人惡魯桓公微弱，不能防閑文姜，使至淫亂，爲二國患焉。

敝笱在梁，其魚魴鰥。興也。鰥，大魚。箋云：鰥，魚子也。魴也，鰥也，魚之易制者，然而敝敗之笱不能制。興者，喻魯桓微弱，不能防閑文姜，終其初時之婉順。齊子歸止，其從如雲。如雲，言盛也。箋云：其從，姪娣之屬。言文姜初嫁于魯桓之時，其從者之心意如雲然。雲之行，順風耳。後知魯桓微弱，文姜遂淫恣，從者亦隨之爲惡。

敝笱在梁，其魚魴鱮。魴鱮，大魚。箋云：鱮似魴而弱鱗。齊子歸止，其從如雨。如雨，言多也。箋云：如雨，言無常，天下之則下，天不下則止，以言姪娣之善惡，亦文姜所使止。

敝笱在梁，其魚唯唯。唯唯，出入不制。箋云：唯唯，行相隨順之貌。齊子歸止，其從如水。水，喻衆也。箋云：水之性可停可行，亦言姪娣之善惡在文姜也。

《敝笱》三章，章四句。

載驅

《載驅》，齊人刺襄公也。無禮義，故盛其車服，疾驅於通道大都，與文姜淫，播其惡於萬民焉。故，猶端也。

載驅薄薄，簟茀朱鞹。薄薄，疾驅聲也。簟，方文席也。車之蔽曰茀。諸侯之路車，有朱革之質而羽飾。箋云：此車襄公乃乘焉，而來與文姜會。魯道有蕩，齊子發夕。發夕，自夕發至旦。箋云：襄公既無禮義，乃疾驅其乘車以入魯竟。魯之道路平易，文姜發夕由之往

會焉，曾無慙恥之色。

四驪濟濟，垂轡濔濔。四驪，言物色盛也。濟濟，美貌。垂轡，轡之垂者。濔濔，衆也。箋云：此又刺襄公乘是四驪而來，徒爲淫亂之行。魯道有蕩，齊子豈弟。言文姜於是樂易然。箋云：此豈弟猶言發夕也。豈，讀當爲闓。弟，《古文尚書》以弟爲圛。圛，明也。

汶水湯湯，行人彭彭。湯湯，大貌。彭彭，多貌。箋云：汶水之上蓋有都焉，襄公與文姜時所會。魯道有蕩，齊子翱翔。翱翔，猶彷徉也。

汶水滔滔，行人儦儦。滔滔，流貌。儦儦，衆貌。魯道有蕩，齊子遊敖。

《載驅》四章，章四句。

猗嗟

《猗嗟》，刺魯莊公也。齊人傷魯莊公有威儀技藝，然而不能

以禮防閑其母，失子之道，人以爲齊侯之子焉。

猗嗟昌兮，頎而長兮。猗嗟，歎辭。昌，盛也。頎，長貌。箋云：昌，佼好貌。抑若揚兮，抑，美色。揚，廣揚。美目揚兮。好目揚眉。巧趨蹌兮，射則臧兮。蹌，巧趨貌。箋云：臧，善也。

猗嗟名兮，美目清兮。目上爲名，目下爲清。儀既成兮。終日射侯，不出正兮。展我甥兮。二尺曰正。外孫曰甥。箋云：成，猶備也。正，所以射於侯中者，天子五正，諸侯三正，大夫二正，士一正。外皆居其侯中參分之一焉。展，誠也。姊妹之子曰甥。容貌技藝如此，誠我齊之甥。言誠者，拒時人言齊侯之子。

猗嗟孌兮！孌，壯好貌。清揚婉兮。婉，好眉目也。舞則選兮，射則貫兮。選，齊。貫，中也。箋云：選者，謂於倫等最上。貫，習也。四矢反兮，以禦亂兮！四矢，乘矢。箋云：反，復也。禮，射三而止。每射四矢，皆得其故處，此之謂復。射必四矢者，象其能禦四方之亂也。

《猗嗟》三章，章六句。

齊國十一篇，三十四章，百四十三句。

魏葛屨詁訓傳第九

葛屨

《葛屨》，刺褊也。魏地陿隘，其民機巧趨利，其君儉嗇褊急，而無德以將之。險嗇而無德，是其所以見侵削。

糾糾葛屨，可以履霜？糾糾，猶繚繚也。夏葛屨，冬皮屨。葛屨非所以履霜。箋云：葛屨賤，皮屨貴。魏俗至冬猶謂葛屨可以履霜，利其賤也。摻摻女手，可以縫裳？摻摻，猶纖纖也。婦人三月廟見，然後執婦功。箋云：言女手者，未三月未成爲婦。裳，男子之下服，賤又未可使縫。魏俗使未三月婦縫裳者，利其事也。要之襋之，好人服之。要，褄也。襋，領也。好人，好女手之人。箋云：服，整也。褄也領也在上，好人尚可使整治之。謂屬著之。

好人提提，宛然左辟，佩其象揥。提提，安諦也。宛，辟貌。婦至門，夫揖而入，不敢當尊，宛然而左辟。象揥，所以爲飾。箋云：婦新至，慎於威儀。如是使之，非禮。維是褊心，是以爲刺。箋云：魏俗所以然者，是君心褊急，無德教使之耳，我是以刺之。

《葛屨》二章，一章六句，一章五句。

汾沮洳

《汾沮洳》，刺儉也。其君儉以能勤，刺不得禮也。

彼汾沮洳，言采其莫。汾，水也。沮洳，其漸洳者。莫，菜也。箋云：言，我也。於彼汾水漸洳之中，我采其莫以爲菜，是儉以能勤。彼其之子，美無度。箋云：之子，是子也。是子之德美無有度，言不可尺寸。美無度，殊異乎公路。路，車也。箋云：是子之德美信無度矣。雖然，其采莫之事，則非公路之禮也。公路，主君之輅車，庶子爲之，晉趙盾爲輅車之族是也。

彼汾一方，言采其桑。箋云：采桑，親蠶事也。彼其之子，美如英。萬人爲英。美如英，殊異乎公行。公行，從公之行也。箋云：從公之行者，主君兵車之行列。

彼汾一曲，言采其藚。藚，水舄也。彼其之子，美如玉。美如玉，殊異乎公族。公族，公屬。箋云：公族，主君同姓昭穆也。

《汾沮洳》三章，章六句。

園有桃

《園有桃》，刺時也。大夫憂其君國小而迫，而儉以嗇，不能用其民，而無德教，日以侵削，故作是詩也。

園有桃，其實之殽。興也。園有桃，其實之食。國有民，得其力。箋云：魏君薄公税，省國用，不取於民，食園桃而已。不施德教，民無以戰，其侵削之由，由是也。心之憂矣，我歌且謠。曲合樂曰歌，徒歌曰謠。箋云：我心憂君之行如此，故歌謠以寫我憂矣。不我知者，謂我士也驕。箋云：士，事也。不知我所爲歌謠之意者，反謂我於君事驕逸故。彼人是哉，子曰何其。夫人謂我欲何爲乎？箋云：彼人，謂君也。曰，於也。

不知我所爲憂者，既非責我，又曰：君儉而嗇，所行是其道哉。子於此憂之，何乎？心之憂矣，其誰知之？箋云：如是則衆臣無知我憂所爲也。其誰知之，蓋亦勿思。箋云：無知我憂所爲者，則宜無復思念之以自止也。衆不信我，或時謂我謗君，使我得罪也。

園有棘，其實之食。棘，棗也。心之憂矣，聊以行國。箋云：聊，且略之辭也。聊出行於國中，觀民事以寫憂。不我知者，謂我士也罔極。極，中也。箋云：見我聊出行於國中，謂我於君事無中正。彼人是哉，子曰何其。心之憂矣，其誰知之？其誰知之，蓋亦勿思。

《園有桃》二章，章十二句。

陟岵

《陟岵》，孝子行役，思念父母也。國迫而數侵削，役乎大國，父母兄弟離散，而作是詩也。役乎大國者，爲大國所徵發。

陟彼岵兮，瞻望父兮。山無草木曰岵。箋云：孝子行役，思其父之戒，乃登彼岵山，以遥瞻望其父所在之處。父曰嗟予子，行役夙夜無已。箋云：予，我。夙，早。夜，莫也。無已，無解倦。上慎旃哉，猶來無止。旃，之。猶，可也。父尚義。箋云：上者，謂在軍事作部列時。

陟彼屺兮，瞻望母兮。山有草木曰屺。箋云：此又思母之戒，而登屺山而望之也。母曰嗟予季，行役夙夜無寐。季，少子也。無寐，無耆寐也。上慎旃哉，猶來無棄。母尚恩也。

陟彼岡兮，瞻望兄兮。兄曰嗟予弟，行役夙夜必偕。偕，俱也。上慎旃哉，猶來無死。兄尚親也。

《陟岵》三章，章六句。

十畝之間

《十畝之間》，刺時也。言其國削小，民無所居焉。

十畝之間兮，桑者閑閑兮，閑閑然，男女無別，往來之貌。箋云：古者一夫百畝，今十畝之間，往來者閑閑然，削小之甚。行與子還兮。或行來者，或來還者。

十畝之外兮，桑者泄泄兮，泄泄，多人之貌。行與子逝兮。箋云：逝，逮也。

《十畝之間》二章，章三句。

伐檀

《伐檀》，刺貪也。在位貪鄙，無功而受禄，君子不得進仕爾。

坎坎伐檀兮，寘之河之干兮，河水清且漣猗。坎坎，伐檀聲。寘，置也。干，厓也。風行水成文曰漣。伐檀以俟世用，若俟河水清且漣。箋云：是謂君子之人不得進仕也。不稼不穡，胡取禾三百廛兮？不狩不獵，胡瞻爾庭有縣貆兮？種之曰稼。斂之曰穡。一夫之居曰廛。貆，獸名。箋云：是謂在位貪鄙，無功而受禄也。冬獵曰狩。

宵田曰獵。胡，何也。貉子曰貆。彼君子兮，不素餐兮。素，空也。箋云：彼君子者，斥伐檀之人，仕有功乃肯受禄。

坎坎伐輻兮，寘之河之側兮，河水清且直猗。輻，檀輻也。側猶厓也。直，直波也。不稼不穡，胡取禾三百億兮？不狩不獵，胡瞻爾庭有縣特兮？萬萬曰億。獸三歲曰特。箋云：十萬曰億。三百億，禾秉之數。彼君子兮，不素食兮。

坎坎伐輪兮，寘之河之漘兮，河水清且淪猗。檀可以爲輪。漘，厓也。小風水成文轉如輪也。不稼不穡，胡取禾三百囷兮？不狩不獵，胡瞻爾庭有縣鶉兮？圓者爲囷。鶉，鳥也。彼君子兮，不素飧兮。熟食曰飧。箋云：飧讀如魚飧之飧。

《伐檀》三章，章九句。

碩鼠

《碩鼠》，刺重斂也。國人刺其君重斂，蠶食於民，不脩其政，貪而畏人，若大鼠也。

碩鼠碩鼠，無食我黍。三歲貫女，莫我肯顧。貫，事也。箋云：碩，大也。大鼠大鼠者，斥其君也。女無復食我黍，疾其稅斂之多也。我事女三歲矣，曾無教令恩德來顧眷我，又疾其不脩政也。古者三年大比，民或於是徙。逝將去女，適彼樂土。箋云：逝，往也。往矣將去女，與之訣别之辭。樂土，有德之國。樂土樂土，爰得我所。箋云：爰，曰也。

碩鼠碩鼠，無食我麥。三歲貫女，莫我肯德。箋云：不肯施德於我。逝將去女，適彼樂國。樂國樂國，爰得我直。直，得其直道。箋云：直猶正也。

碩鼠碩鼠，無食我苗。苗，嘉穀也。三歲貫女，莫我肯勞。箋云：不肯勞來我。逝將去女，適彼樂郊。箋云：郭外曰郊。樂郊樂郊，誰之永號。號，

呼也。箋云：之，往也。永，歌也。樂郊之地，誰獨當往而歌號者，言皆喜説無憂苦。

《碩鼠》三章，章八句。

魏國七篇，十八章，百二十八句。

毛詩卷第六

唐蟋蟀詁訓傳第十　國風　鄭氏箋

蟋蟀

《蟋蟀》，刺晉僖公也。儉不中禮，故作是詩以閔之，欲其及時以禮自虞樂也。此晉也，而謂之唐，本其風俗，憂深思遠，儉而用禮，乃有堯之遺風焉。憂深思遠，謂宛其死矣，百歲之後之類也。

蟋蟀在堂，歲聿其莫。今我不樂，日月其除。蟋蟀，蛩也，九月在堂。聿，遂。除，去也。箋云：我，我僖公也。蛩在堂，歲時之候，是時農功畢，君可以自樂矣。今不自樂，日月且過去，不復暇爲之。謂十二月當復命農計耦耕事。無已大康，職思其居。已，甚。康，樂。職，主也。箋云：君雖當自樂，亦無甚大樂，欲其用禮爲節也，又當主思於所居之事，謂國中政令。好樂無荒，良士瞿瞿。荒，大也。瞿瞿然顧禮義也。箋云：荒，廢亂也。良，善也。君之好樂，不當至於廢亂政事，當如善士瞿瞿然顧禮義也。

蟋蟀在堂，歲聿其逝。今我不樂，日月其邁。邁，行也。無已大康，職思其外。外，禮樂之外。箋云：外謂國外至四竟。好樂無荒，良士蹶蹶。蹶蹶，動而敏於事。

蟋蟀在堂，役車其休。箋云：庶人乘役車。役車休，農功畢，無事也。今我不樂，日月其慆。慆，過也。無已大康，職思其憂。憂，可憂也。箋云：憂者，謂鄰國侵伐之憂。好樂無荒，良士休休。休休，樂道之心。

《蟋蟀》三章，章八句。

山有樞

《山有樞》，刺晉昭公也。不能脩道以正其國，有財不能用，有鐘鼓不能以自樂，有朝廷不能洒埽，政荒民散，將以危亡。四鄰謀取其國家而不知，國人作詩以刺之也。

山有樞，隰有榆。興也。樞，荎也。國君有財貨而不能用，如山隰不能自用其財。

子有衣裳，弗曳弗婁。子有車馬，弗馳弗驅。婁，亦曳也。宛其死矣，他人是愉。宛，死貌。愉，樂也。箋云：愉讀曰偷。偷，取也。

山有栲，隰有杻。栲，山樗。杻，檍也。子有廷內，弗洒弗埽。子有鐘鼓，弗鼓弗考。洒，灑也。考，擊也。宛其死矣，他人是保。保，安也。箋云：保，居也。

山有漆，隰有栗。子有酒食，何不日鼓瑟？君子無故，琴瑟不離於側。且以喜樂，且以永日。永，引也。宛其死矣，他人入室。

《山有樞》三章，章八句。

揚之水

《揚之水》，刺晉昭公也。昭公分國以封沃，沃盛彊，昭公微弱，國人將叛而歸沃焉。封沃者，封叔父桓叔于沃也。沃，曲沃，晉之邑也。

揚之水，白石鑿鑿。興也。鑿鑿然，鮮明貌。箋云：激揚之水，波流湍疾，洗去垢濁，使白石鑿鑿然。興者，喻桓叔盛彊，除民所惡，民得以有禮義也。素衣朱襮，從子於沃。襮，領也。諸侯繡黼丹朱中衣。沃，曲沃也。箋云：繡當爲綃，綃黼丹朱中衣，中衣以綃黼爲領，丹朱爲純也。國人欲進此服，去從桓叔。既見君子，云何不樂。箋云：君子謂桓叔。

揚之水，白石皓皓。皓皓，潔白也。素衣朱繡，從子于鵠。繡，黼也。鵠，曲沃邑也。既見君子，云何其憂。言無憂也。

揚之水，白石粼粼。粼粼，清澈也。我聞有命，不敢以告人。聞曲沃有善政命，不敢以告人。箋云：不敢以告人而去者，畏昭公謂已動民心。

《揚之水》三章，二章章六句，一章四句。

椒聊

《椒聊》，刺晉昭公也。君子見沃之盛彊，能脩其政，知其蕃衍盛大，子孫將有晉國焉。

椒聊之實，蕃衍盈升。興也。椒聊，椒也。箋云：椒之性芬香而少實，今一捄之實，蕃衍滿升，非其常也。興者，喻桓叔晉君之支別耳，今其子孫衆多，將日以盛也。彼其之子，碩大無朋。朋，比也。箋云：之子，是子也，謂桓叔也。碩，謂壯貌，佼好也。大，謂德美廣博也。無朋，平均，不朋黨。椒聊且！遠條且！條，長也。箋云：椒之氣日益遠長，似桓叔之德彌廣博。

椒聊之實，蕃衍盈匊。兩手曰匊。彼其之子，碩大且篤。篤，厚也。椒聊且！遠條且！言聲之遠聞也。

《椒聊》二章，章六句。

綢繆

《綢繆》，刺晉亂也。國亂則昏姻不得其時焉。不得其時，謂不及仲春之月。

綢繆束薪，三星在天。興也。綢繆，猶纏緜也。三星，參也。在天，謂始見東方也。男女待禮而成，若薪芻待人事而後束也。三星在天，可以嫁取矣。箋云：三星，謂心星也。心有尊卑，夫婦父子之象，又爲二月之合宿，故嫁取者以爲候焉。昏而火星不見，嫁取之時也。今我束薪於野，乃見其在天，則三月之末，四月之中，見於東方矣，故云「不得其時」。今夕何夕，見此良人？良人，美室也。箋云：今夕何夕者，言此夕何月之夕乎，而女以見良人。言非其時。子兮子兮，如此良人何？子兮者，嗟茲也。箋云：子兮子兮者，斥嫁取者，子取後陰陽交會之月，當如此良人何。

綢繆束芻，三星在隅。隅，東南隅也。箋云：心星在隅，謂四月之末，五月之中。今夕何夕，見此邂逅？邂逅，解説之貌。子兮子兮，如此邂逅何？

綢繆束楚，三星在戶。參星正月中直戶也。箋云：心星在戶，謂五月之末，六

月之中。今夕何夕，見此粲者？三女爲粲。大夫一妻二妾。子兮子兮，如此粲者何？

《綢繆》三章，章六句。

杕杜

《杕杜》，刺時也。君不能親其宗族，骨肉離散，獨居而無兄弟，將爲沃所并爾。

有杕之杜，其葉湑湑。興也。杕，特生貌。杜，赤棠也。湑湑，枝葉不相比也。獨行踽踽，豈無他人？不如我同父。踽踽，無所親也。箋云：他人，謂異姓也。言昭公遠其宗族，獨行於國中，踽踽然，此豈無異姓之臣乎？顧恩不如同姓親親也。嗟行之人，胡不比焉？箋云：君所與行之人，謂異姓卿大夫也。比，輔也。此人女何不輔君爲政令？人無兄弟，胡不佽焉？佽，助也。箋云：異姓卿大夫，女見君無兄弟之親親者，何不相推佽而助之？

有杕之杜，其葉菁菁。菁菁，葉盛也。箋云：菁菁，希少之貌。獨行睘睘，豈無他人？不如我同姓。睘睘，無所依也。同姓，同祖也。嗟行之人，胡不比焉？人無兄弟，胡不佽焉？

《杕杜》二章，章九句。

羔裘

《羔裘》，刺時也。晉人刺其在位不恤其民也。恤，憂也。

羔裘豹袪，自我人居居。袪，袂也。本末不同，在位與民異心自用也。居居，懷惡不相親比之貌。箋云：羔裘豹袪，在位卿大夫之服也。其役使我之民人，其意居居然有悖惡之心，不恤我之困苦。豈無他人？維子之故。箋云：此民，卿大夫采邑之民也，故云豈無他人可歸往者乎？我不去者，乃念子故舊之人。

羔裘豹褎，自我人究究。褎，猶袪也。究究，猶居居也。豈無他人？維子之好。箋云：我不去而歸往他人者，乃念子而愛好之也。民之厚如此，亦唐之遺風。

《羔裘》二章，章四句。

鴇羽

《鴇羽》，刺時也。昭公之後，大亂五世，君子下從征役，不得養其父母，而作是詩也。大亂五世者，昭公、孝侯、鄂侯、哀侯、小子侯。

肅肅鴇羽，集于苞栩。興也。肅肅，鴇羽聲也。集，止。苞，稹。栩，杼也。鴇之性不樹止。箋云：興者，喻君子當居安平之處，今下從征役，其爲危苦，如鴇之樹止然。稹者，根相迫迮梱致也。王事靡盬，不能蓺稷黍，父母何怙？盬，不攻致也。怙，恃也。箋云：蓺，樹也。我迫王事，無不攻致，故盡力焉。既則罷倦，不能播種五穀，今我父母將何怙乎？悠悠蒼天，曷其有所？箋云：曷，何也。何時我得其所哉？

肅肅鴇翼，集于苞棘。王事靡盬，不能蓺黍稷，父母何食？悠悠蒼天，曷其有極？箋云：極，已也。

肅肅鴇行，集于苞桑。行，翮也。王事靡盬，不能蓺稻粱，父母何嘗？悠悠蒼天，曷其有常？

《鴇羽》三章，章七句。

無衣

《無衣》，美晉武公也。武公始并晉國，其大夫爲之請命乎天子之使，而作是詩也。天子之使，是時使來者。

豈曰無衣七兮？侯伯之禮七命，冕服七章。箋云：我豈無是七章之衣乎？晉舊有之，非新命之服。不如子之衣，安且吉兮！諸侯不命於天子，則不成爲君。箋云：武公初并晉國，心未自安，故以得命服爲安。

豈曰無衣六兮？天子之卿六命，車旗、衣服以六爲節。箋云：變七言六者，謙也。不敢必當侯伯，得受六命之服，列於天子之卿，猶愈乎不。不如子之衣，安且燠兮！燠，暖也。

《無衣》二章，章三句。

有杕之杜

《有杕之杜》，刺晉武公也。武公寡特，兼其宗族，而不求賢以自輔焉。

有杕之杜，生于道左。興也。道左之陽，人所宜休息也。箋云：道左，道東也。日之熱恒在日中之後，道東之杜，人所宜休息也。今人不休息者，以其特生，陰寡也。興者，喻武公初兼其宗族，不求賢者與之在位，君子不歸，似乎特生之杜然。彼君子兮，噬肯適我？噬，逮也。箋云：肯，可。適，之也。彼君子之人，至於此國，皆可來之我君所。君子之人，義之與比。其不來者，君不求之。中心好之，曷飲食之？箋云：曷，何也。言中心誠好之，何但飲食之，當盡禮極歡以待之。

有杕之杜，生于道周。周，曲也。彼君子兮，噬肯來遊？遊，觀也。中心好之，曷飲食之？

《有杕之杜》二章，章六句。

葛生

《葛生》，刺晉獻公也。好攻戰，則國人多喪矣。喪，棄亡也。夫從征役，棄亡不反，則其妻居家而怨思。

葛生蒙楚，蘞蔓于野。興也。葛生延而蒙楚，蘞生蔓於野，喻婦人外成於他家。予美亡此，誰與獨處？箋云：予，我。亡，無也。言我所美之人無於此，謂其君子也。吾誰與居乎？獨處家耳。從軍未還，未知死生，其今無於此。

葛生蒙棘，蘞蔓于域。域，塋域也。予美亡此，誰與獨息？息，止也。角枕粲兮，錦衾爛兮。齊則角枕錦衾。禮，夫不在，斂枕篋衾席，韣而藏之。箋云：夫雖不在，不失其祭也。攝主，主婦猶自齊而行事。予美亡此，誰與獨旦？箋云：旦，明也。我君子無於此，吾誰與齊乎？獨自絜明。

夏之日，冬之夜，言長也。箋云：思者於晝夜之長時尤甚，故極言之以盡情。百歲之後，歸于其居。箋云：居，墳墓也。言此者，婦人專壹，義之至，情之盡。

冬之夜，夏之日，百歲之後，歸于其室。室猶居也。箋云：室猶塚壙。

《葛生》五章，章四句。

采苓

《采苓》，刺晉獻公也。獻公好聽讒焉。

采苓采苓，首陽之巔。興也。苓，大苦也。首陽，山名也。采苓，細事也。首陽，幽辟也。細事，喻小行也。幽辟，喻無徵也。箋云：采苓采苓者，言采苓之人衆多非一也，皆云采此苓於首陽山之上，首陽山之上信有苓矣。然而今之采者未必於此山，然而人必信之。興者，喻事有似而非。人之爲言，苟亦無信。舍旃舍旃，苟亦無然。苟，誠也。箋云：苟，且也。爲言，謂爲人爲善言以稱薦之，欲使見進用也。旃之言焉也。舍之焉，舍之焉，謂謗訕人，欲使見貶退也。此二者且無信受之，且無答然。人之爲言，胡得焉！箋云：人以此言來，不信受之，不答然之，從後察之。或時見罪，何所得。

采苦采苦，首陽之下。苦，苦菜也。人之爲言，苟亦無與。舍旃舍旃，苟亦無然。無與，勿用也。人之爲言，胡得焉！

采葑采葑，首陽之東。葑，菜名也。人之爲言，苟亦無從。舍旃舍旃，苟亦無然。人之爲言，胡得焉！

《采苓》三章，章八句。

唐國十二篇，三十三章，二百三句。

秦車鄰詁訓傳第十一　國風　鄭氏箋

車鄰

《車鄰》，美秦仲也。秦仲始大，有車馬禮樂侍御之好焉。

有車鄰鄰，有馬白顛。鄰鄰，衆車聲也。白顛，的顙也。未見君子，寺人之令。寺人，内小臣也。箋云：欲見國君者，必先令寺人使傳告之。時秦仲又始有此臣。

阪有漆，隰有栗。興也。陂者曰阪。下濕曰隰。箋云：興者，喻秦仲之君臣所有各得其宜。既見君子，竝坐鼓瑟。又見其禮樂焉。箋云：既見，既見秦仲也。竝坐鼓瑟，君臣以閒暇燕飲相安樂也。今者不樂，逝者其耋。耋，老也，八十曰耋。箋云：今者不於此君之朝自樂，謂仕焉。而去仕他國，其徒自使老，言將後寵禄也。

阪有桑，隰有楊。既見君子，竝坐鼓簧。簧，笙也。今者不樂，逝者其亡。亡，喪棄也。

《車鄰》三章，一章四句，二章章六句。

駟驖

《駟驖》，美襄公也。始命，有田狩之事，園囿之樂焉。始命，命爲諸侯也。秦始附庸也。

駟驖孔阜，六轡在手。驖，驪。阜，大也。箋云：四馬六轡。六轡在手，言馬之良也。公之媚子，從公于狩。能以道媚於上下者。冬獵曰狩。箋云：媚於上下，謂使君臣和合也。此人從公往狩，言襄公親賢也。

奉時辰牡，辰牡孔碩。時，是。辰，時也。冬獻狼，夏獻麋，春秋獻鹿豕羣獸。箋云：奉是時牡者，謂虞人也。時牡甚肥大，言禽獸得其所。公曰左之，舍拔則獲。拔，矢末也。箋云：左之者，從禽之左射之也。拔，括也。舍拔則獲，言公善射。

遊于北園，四馬既閑。閑，習也。箋云：公所以田則克獲者，乃遊於北園之時，時則已習其四種之馬。輶車鸞鑣，載獫歇驕。輶，輕也。獫歇驕，田犬也。長喙曰獫，短喙曰歇驕。箋云：輕車，驅逆之車也。置鸞於鑣，異於乘車也。載，始也。始田犬者，謂達其

搏噬，始成之也。此皆遊於北園時所爲也。

《駟驖》三章，章四句。

小戎

《小戎》，美襄公也。備其兵甲以討西戎。西戎方彊，而征伐不休，國人則矜其車甲，婦人能閔其君子焉。矜，夸大也。國人夸大其車甲之盛，有樂之意也。婦人閔其君子，恩義之至也。作者敘外内之志，所以美君政教之功。

小戎俴收，五楘梁輈。小戎，兵車也。俴，淺。收，軫也。五，五束也。楘，歷録也。梁輈，輈上句衡也。一輈五束，束有歷録。箋云：此羣臣之兵車，故曰小戎。游環脅驅，陰靷鋈續。游環，靷環也。游在背上，所以禦出也。脅驅，慎駕具所以止入也。陰，揜軌也。靷，所以引也。鋈，白金也。續，續靷也。箋云：游環在背上，無常處，貫驂之外轡，以禁其出。脅驅者，著服馬之外脅，以止驂之入。揜軌在軾前，垂輈上。鋈續，白金飾續靷之環。文茵暢轂，駕我騏馵。文茵，虎皮也。暢轂，長轂也。騏，騏文也。左足白曰馵。箋云：此上六句者，國人所矜。言念君子，温其如玉。箋云：言，我也。念君子之性，温然如玉。玉有五德。在其板屋，亂我心曲。西戎板屋。箋云：心曲，心之委曲也。憂則心亂也。此上四句者，婦人所用閔其君子。

四牡孔阜，六轡在手。騏駵是中，騧驪是驂。黄馬黑喙曰騧。箋云：赤身黑鬣曰駵。中，中服也。驂，兩騑也。龍盾之合，鋈以觼軜。龍盾，畫龍其盾也。合，合而載之。軜，驂内轡也。箋云：鋈以觼軜，軜之觼以白金爲飾也。軜繫於軾前。言念君子，温其在邑。在敵邑也。方何爲期？胡然我念之。箋云：方今以何時爲還期乎？何以然了不來，言望之也？

俴駟孔羣，厹矛鋈錞。蒙伐有苑。俴駟，四介馬也。孔，甚也。厹，三隅矛也。錞，鐏也。蒙，討羽也。伐，中干也。苑，文貌。箋云：俴，淺也，謂以薄金爲介之札。介，甲也。甚羣者，言和調也。蒙，厖也。討，雜也。畫雜羽之文於伐，故曰厖伐。虎韔鏤膺。交韔

二弓，竹閉緄縢。虎，虎皮也。韔，弓室也。膺，馬帶也。交韔，交二弓於韔中也。閉，紲。緄，繩。縢，約也。箋云：鏤膺，有刻金飾也。言念君子，載寢載興。厭厭良人，秩秩德音。厭厭，安靜也。秩秩，有知也。箋云：此既閔其君子寢起之勞，又思其性與德。

《小戎》三章，章十句。

蒹葭

《蒹葭》，刺襄公也。未能用周禮，將無以固其國焉。秦處周之舊土，其人被周之德教日久矣。今襄公新爲諸侯，未習周之禮法，故國人未服焉。

蒹葭蒼蒼，白露爲霜。興也。蒹，薕。葭，蘆也。蒼蒼，盛也。白露凝戾爲霜，然後歲事成；國家待禮，然後興。箋云：蒹葭在衆草之中，蒼蒼然彊盛，至白露凝戾爲霜，則成而黄。興者，喻衆民之不從襄公政令者，得周禮以教之則服。所謂伊人，在水一方。伊，維也。一方難至矣。箋云：伊當作緊，緊猶是也，所謂是知周禮之賢人，乃在大水之一邊。假喻以言遠。遡洄從之，道阻且長。逆流而上曰遡洄。逆禮則莫能以至也。箋云：此言不以敬順往求之，則不能得見。遡游從之，宛在水中央。順流而涉曰遡游。順禮求濟，道來迎之。箋云：宛，坐見貌。以敬順求之則近耳，易得見也。

蒹葭淒淒，白露未晞。淒淒，猶蒼蒼也。晞，乾也。箋云：未晞，未爲霜。所謂伊人，在水之湄。湄，水隒也。遡洄從之，道阻且躋。躋，升也。箋云：升者，言其難至如升阪。遡游從之，宛在水中坻。坻，小渚也。

蒹葭采采，白露未已。采采，猶淒淒也。未已，猶未止也。所謂伊人，在水之涘。涘，厓也。遡洄從之，道阻且右。右，出其右也。箋云：右者，言其迂迴也。遡游從之，宛在水中沚。小渚曰沚。

《蒹葭》三章，章八句。

終南

《終南》，戒襄公也。能取周地，始爲諸侯，受顯服，大夫美之，故作是詩以戒勸之。

終南何有？有條有梅。興也。終南，周之名山中南也。條，槄。梅，枏也。宜以戒不宜也。箋云：問何有者，意以爲名山高大，宜有茂木也。興者，喻人君有盛德，乃宜有顯服，猶山之木有大小也。此之謂戒勸。君子至止，錦衣狐裘。錦衣，采色也。狐裘，朝廷之服。箋云：至止者，受命服於天子而來也。諸侯狐裘，錦衣以裼之。顏如渥丹，其君也哉！箋云：渥，厚漬也。顏色如厚漬之丹，言赤而澤也。其君也哉，儀貌尊嚴也。

終南何有？有紀有堂。紀，基也。堂，畢道平如堂也。箋云：畢也堂也，亦高大之山所宜有也。畢，終南山之道名，邊如堂之牆然。君子至止，黻衣繡裳。黑與青謂之黻。五色備謂之繡。佩玉將將，壽考不忘。

《終南》二章，章六句。

黃鳥

《黃鳥》，哀三良也。國人刺穆公以人從死，而作是詩也。三良，三善臣也，謂奄息、仲行、鍼虎也。從死，自殺以從死。

交交黃鳥，止于棘。興也。交交，小貌。黃鳥以時往來得其所，人以壽命終亦得其所。箋云：黃鳥止于棘，以求安己也。此棘若不安則移。興者，喻臣之事君亦然。今穆公使臣從死，刺其不得黃鳥止于棘之本意。誰從穆公？子車奄息。子車，氏。奄息，名。箋云：言誰從穆公者，傷之。維此奄息，百夫之特。乃特百夫之德。箋云：百夫之中最雄俊也。臨其穴，惴惴其慄。惴惴，懼也。箋云：穴，謂冢壙中也。秦人哀傷此奄息之死，臨視其壙，皆爲之悼慄。彼蒼者天，殲我良人。殲，盡。良，善也。箋云：言彼蒼者天，愬之。如可贖兮，人百其身。箋云：如此奄息之死，可以他人贖之者，人皆百其身。謂一身百死猶爲之，惜善人之甚。

交交黃鳥，止于桑。誰從穆公？子車仲行。箋云：仲行，字也。維

此仲行，百夫之防。防，比也。箋云：防，猶當也。言此一人當百夫。臨其穴，惴惴其慄。彼蒼者天，殲我良人。如可贖兮，人百其身。

交交黃鳥，止于楚。誰從穆公？子車鍼虎。維此鍼虎，百夫之禦。禦，當也。臨其穴，惴惴其慄。彼蒼者天，殲我良人。如可贖兮，人百其身。

《黃鳥》三章，章十二句。

晨風

《晨風》，刺康公也。忘穆公之業，始棄其賢臣焉。

鴥彼晨風，鬱彼北林。興也。鴥，疾飛貌。晨風，鸇也。鬱，積也。北林，林名也。先君招賢人，賢人往之，駛疾，如晨風之飛入北林。箋云：先君謂穆公。未見君子，憂心欽欽。思望之，心中欽欽然。箋云：言穆公始未見賢者之時，思望而憂之。如何如何？忘我實多。今則忘之矣。箋云：此以穆公之意責康公。如何如何乎？女忘我之事實多。

山有苞櫟，隰有六駮。櫟，木也。駮如馬，倨牙，食虎豹。箋云：山之櫟，隰之駮，皆其所宜有也。以言賢者亦國家所宜有之。未見君子，憂心靡樂。如何如何？忘我實多。

山有苞棣，隰有樹檖。棣，唐棣也。檖，赤羅也。未見君子，憂心如醉。如何如何？忘我實多。

《晨風》三章，章六句。

無衣

《無衣》，刺用兵也。秦人刺其君好攻戰，亟用兵，而不與民同欲焉。

豈曰無衣？與子同袍。興也。袍，襺也。上與百姓同欲，則百姓樂致其死。箋云：

此責康公之言也。君豈嘗曰：女無衣，我與女共袍乎？言不與民同欲。王于興師，脩我戈矛，與子同仇。戈長六尺六寸，矛長二丈。天下有道，則禮樂征伐自天子出。仇，匹也。箋云：于，於也。怨耦曰仇。君不與我同欲，而於王興師，則云：脩我戈矛，與子同仇，往伐之。刺其好攻戰。

豈曰無衣？與子同澤。澤，潤澤也。箋云：襗，褻衣，近污垢。王于興師，脩我矛戟，與子偕作。作，起也。箋云：戟，車戟常也。

豈曰無衣？與子同裳。王于興師，脩我甲兵，與子偕行。行，往也。

《無衣》三章，章五句。

渭陽

《渭陽》，康公念母也。康公之母，晉獻公之女。文公遭麗姬之難，未反而秦姬卒。穆公納文公。康公時爲大子，贈送文公于渭之陽，念母之不見也。我見舅氏，如母存焉。及其即位，思而作是詩也。

我送舅氏，曰至渭陽。母之昆弟曰舅。箋云：渭，水名也。秦是時都雍，至渭陽者，蓋東行送舅氏於咸陽之地。何以贈之？路車乘黄。贈，送也。乘黄，四馬也。

我送舅氏，悠悠我思。何以贈之？瓊瑰玉佩。瓊瑰，石而次玉。

《渭陽》二章，章四句。

權輿

《權輿》，刺康公也。忘先君之舊臣，與賢者有始而無終也。

於我乎！夏屋渠渠，夏，大也。箋云：屋，具也。渠渠，猶勤勤也。言君始於我厚，設禮食大具以食我，其意勤勤然。今也每食無餘。箋云：此言君今遇我薄，其食我纔足耳。

于嗟乎！不承權輿。承，繼也。權輿，始也。

於我乎！每食四簋，四簋，黍稷稻粱。今也每食不飽。于嗟乎！不承權輿。

《權輿》二章，章五句。

秦國十篇，二十七章，百八十一句。

此責康公之言也。君豈嘗曰：女無衣，我與女共袍乎？言不與民同欲。王于興師，脩我戈矛，與子同仇。戈長六尺六寸，矛長二丈。天下有道，則禮樂征伐自天子出。仇，匹也。箋云：于，於也。怨耦曰仇。君不與我同欲，而於王興師，則云：脩我戈矛，與子同仇，往伐之。刺其好攻戰。

豈曰無衣？與子同澤。澤，潤澤也。箋云：襗，褻衣，近污垢。王于興師，脩我矛戟，與子偕作。作，起也。箋云：戟，車戟常也。

豈曰無衣？與子同裳。王于興師，脩我甲兵，與子偕行。行，往也。

《無衣》三章，章五句。

渭陽

《渭陽》，康公念母也。康公之母，晉獻公之女。文公遭麗姬之難，未反而秦姬卒。穆公納文公。康公時爲大子，贈送文公于渭之陽，念母之不見也。我見舅氏，如母存焉。及其即位，思而作是詩也。

我送舅氏，曰至渭陽。母之昆弟曰舅。箋云：渭，水名也。秦是時都雍，至渭陽者，蓋東行送舅氏於咸陽之地。何以贈之？路車乘黃。贈，送也。乘黃，四馬也。

我送舅氏，悠悠我思。何以贈之？瓊瑰玉佩。瓊瑰，石而次玉。

《渭陽》二章，章四句。

權輿

《權輿》，刺康公也。忘先君之舊臣，與賢者有始而無終也。

於我乎！夏屋渠渠，夏，大也。箋云：屋，具也。渠渠，猶勤勤也。言君始於我厚，設禮食大具以食我，其意勤勤然。今也每食無餘。箋云：此言君今遇我薄，其食我纔足耳。

于嗟乎！不承權輿。承，繼也。權輿，始也。

於我乎！每食四簋，四簋，黍稷稻粱。今也每食不飽。于嗟乎！不承權輿。

《權輿》二章，章五句。

秦國十篇，二十七章，百八十一句。

于嗟乎！不承權輿。承，繼也。權輿，始也。

於我乎！每食四簋，四簋，黍稷稻粱。今也每食不飽。于嗟乎！不承權輿。

《權輿》二章，章五句。

秦國十篇，二十七章，百八十一句。

毛詩卷第七

陳宛丘詁訓傳第十二　國風　鄭氏箋

宛丘

《宛丘》，刺幽公也。淫荒昏亂，游蕩無度焉。

子之湯兮，宛丘之上兮。子，大夫也。湯，蕩也。四方高，中央下，曰宛丘。箋云：子者，斥幽公也，游蕩無所不爲。洵有情兮，而無望兮。洵，信也。箋云：此君信有淫荒之情，其威儀無可觀望而則傚。

坎其擊鼓，宛丘之下。坎坎，擊鼓聲。無冬無夏，值其鷺羽。值，持也。鷺鳥之羽，可以爲翳。箋云：翳，舞者所持以指麾。

坎其擊缶，宛丘之道。盎謂之缶。無冬無夏，值其鷺翿。翿，翳也。

《宛丘》三章，章四句。

東門之枌

《東門之枌》，疾亂也。幽公淫荒，風化之所行，男女棄其舊業，亟會於道路，歌舞於市井爾。

東門之枌，宛丘之栩。枌，白楡也。栩，杼也。國之交會，男女之所聚。子仲之子，婆娑其下。子仲，陳大夫氏。婆娑，舞也。箋云：之子，男子也。

穀旦于差，南方之原。穀，善也。原，大夫氏。箋云：旦，明。于，曰。差，擇也。朝日善明，曰相擇矣，以南方原氏之女可以爲上處。不績其麻，市也婆娑。箋云：績麻者，婦人之事也，疾其今不爲。

穀旦于逝，越以鬷邁。逝，往。鬷，數。邁，行也。箋云：越，於。鬷，總也。朝日善明，曰往矣，謂之所會處也，於是以總行，欲男女合行。視爾如荍，貽我握椒。荍，芘芣也。椒，芬香也。箋云：男女交會而相説，曰我視女之顔色，美如芘芣之華然，女乃遺我一握之椒，交情好也。此本淫亂之所由。

《東門之枌》三章，章四句。

衡門

《衡門》，誘僖公也。愿而無立志，故作是詩以誘掖其君也。誘，進也。掖，扶持也。

衡門之下，可以棲遲。衡門，横木爲門，言淺陋也。棲遲，遊息也。箋云：賢者不以衡門之淺陋，則不遊息於其下，以喻人君不可以國，小則不興治致政化。泌之洋洋，可以樂飢。泌，泉水也。洋洋，廣大也。樂飢，可以樂道忘飢。箋云：飢者，不足於食也。泌水之流洋洋然，飢者見之，可飲以瘵飢。以喻人君慤愿，任用賢臣則政教成，亦猶是也。

豈其食魚，必河之魴？豈其取妻，必齊之姜？箋云：此言何必河之魴然後可食，取其口美而已。何必大國之女然後可妻，亦取貞順而已。以喻君任臣何必聖人，亦取忠孝而已。齊，姜姓。

豈其食魚，必河之鯉？豈其取妻，必宋之子？箋云：宋，子姓。

《衡門》三章，章四句。

東門之池

《東門之池》，刺時也。疾其君之淫昏，而思賢女以配君子也。

東門之池，可以漚麻。興也。池，城池也。漚，柔也。箋云：於池中柔麻，使可緝績作衣服。興者，喻賢女能柔順君子，成其德教。彼美淑姬，可與晤歌。晤，遇也。箋云：晤猶對也，言淑姬賢女，君子宜與對歌相切化也。

東門之池，可以漚紵。彼美淑姬，可與晤語。

東門之池，可以漚菅。彼美淑姬，可與晤言。言，道也。

《東門之池》三章，章四句。

東門之楊

《東門之楊》，刺時也。昏姻失時，男女多違。親迎，女猶有不至者也。

東門之楊，其葉牂牂。興也。牂牂然，盛貌。言男女失時，不逮秋冬。箋云：楊葉牂牂，三月中也。興者，喻時晚也，失仲春之月。昏以爲期，明星煌煌。期而不至也。箋云：親迎之禮以昏時，女留他色，不肯時行，乃至大星煌煌然。

東門之楊，其葉肺肺。肺肺，猶牂牂也。昏以爲期，明星晢晢。晢晢，猶煌煌也。

《東門之楊》二章，章四句。

墓門

《墓門》，刺陳佗也。陳佗無良師傅，以至於不義，惡加於萬民焉。不義者，謂弑君而自立。

墓門有棘，斧以斯之。興也。墓門，墓道之門。斯，析也。幽閒希行，用生此棘薪，維斧可以開析之。箋云：興者，喻陳佗由不覩賢師良傅之訓道，至陷於誅絶之罪。夫也不良，國人知之。夫，傅相也。箋云：良，善也。陳佗之師傅不善，羣臣皆知之。言其罪惡著也。知而不已，誰昔然矣。昔，久也。箋云：已，猶去也。誰昔，昔也。國人皆知其有罪惡，而不誅退，終致禍難，自古昔之時常然。

墓門有梅，有鴞萃止。梅，枏也。鴞，惡聲之鳥也。萃，集也。箋云：梅之樹善惡自耳，徒以鴞集其上而鳴，人則惡之，樹因惡矣。以喻陳佗之性本未必惡，師傅惡，而陳佗從之而惡。夫也不良，歌以訊之。訊，告也。箋云：歌，謂作此詩也。既作，又使工歌之，是謂之告。訊予不顧，顛倒思予。箋云：予，我也。歌以告之，汝不顧念我言，至於破滅顛倒之急，乃思我之言。言其晚也。

《墓門》二章，章六句。

防有鵲巢

《防有鵲巢》，憂讒賊也。宣公多信讒，君子憂懼焉。

防有鵲巢，邛有旨苕。興也。防，邑也。邛，丘也。苕，草也。箋云：防之有鵲巢，邛之有美苕，處勢自然。興者，喻宣公信多言之人，故致此讒人。誰侜予美？心焉忉忉。侜，張誑也。箋云：誰，誰讒人也。女衆讒人，誰侜張誑，欺我所美之人乎？使我心忉忉然。所美，謂宣公也。

中唐有甓，邛有旨鷊。中，中庭也。唐，堂塗也。甓，瓴甋也。鷊，綬草也。誰侜予美？心焉惕惕。惕惕，猶忉忉也。

《防有鵲巢》二章，章四句。

月出

《月出》，刺好色也。在位不好德，而説美色焉。

月出皎兮，興也。皎，月光也。箋云：興者，喻婦人有美色之白皙。佼人僚兮。舒窈糾兮，僚，好貌。舒，遲也。窈糾，舒之姿也。勞心悄兮。悄，憂也。箋云：思而不見則憂。

月出皓兮，佼人懰兮。舒懮受兮，勞心慅兮。

月出照兮，佼人燎兮。舒夭紹兮，勞心慘兮。

《月出》三章，章四句。

株林

《株林》，刺靈公也。淫乎夏姬，驅馳而往，朝夕不休息焉。夏姬，陳大夫妻，夏徵舒之母，鄭女也。徵舒字子南，夫字御叔。

胡爲乎株林，從夏南？株林，夏氏邑也。夏南，夏徵舒也。箋云：陳人責靈公，君何爲之株林，從夏氏子南之母，爲淫泆之行？匪適株林，從夏南。箋云：匪，非也。

言我非之株林，從夏南之母，爲淫泆之行，自之他耳。觝拒之辭。

駕我乘馬，説于株野。乘我乘駒，朝食于株。大夫乘駒。箋云：我，國人。我，君也。君親乘君乘馬，乘君乘駒，變易車乘，以至株林。或説舍焉，或朝食焉，又責之也。馬六尺以下曰駒。

《株林》二章，章四句。

澤陂

《澤陂》，刺時也。言靈公君臣淫於其國，男女相説，憂思感傷焉。君臣淫於國，謂與孔寧、儀行父也。感傷，謂涕泗滂沱。

彼澤之陂，有蒲與荷。興也。陂，澤障也。荷，芙蕖也。箋云：蒲，柔滑之物。芙蕖之莖曰荷，生而佼大。興者，蒲以喻所説男之性，荷以喻所説女之容體也。正以陂中二物興者，喻淫風由同姓生。有美一人，傷如之何。傷無禮也。箋云：傷，思也。我思此美人，當如之何而得見之。寤寐無爲，涕泗滂沱。自目曰涕，自鼻曰泗。箋云：寤，覺也。

彼澤之陂，有蒲與蕳。蕳，蘭也。箋云：蕳當作蓮。蓮，芙蕖實也。蓮以喻女之言信。有美一人，碩大且卷。卷，好貌。寤寐無爲，中心悁悁。悁悁，猶悒悒也。

彼澤之陂，有蒲菡萏。菡萏，荷華也。箋云：華以喻女之顔色。有美一人，碩大且儼。儼，矜莊貌。寤寐無爲，輾轉伏枕。

《澤陂》三章，章六句。

陳國十篇，二十六章，百二十四句。

檜羔裘詁訓傳第十三　國風　鄭氏箋

羔裘

《羔裘》，大夫以道去其君也。國小而迫，君不用道，好絜其衣服，逍遥遊燕，而不能自强於政治，故作是詩也。以道去其君者，三諫不從，待放於郊，得玦乃去。

羔裘逍遥，狐裘以朝。羔裘以遊燕，狐裘以適朝。箋云：諸侯之朝服，緇衣羔裘。大蜡而息民，則有黄衣狐裘。今以朝服燕，祭服朝，是其好絜衣服也。先言燕，後言朝，見君之志不能自强於政治。豈不爾思？勞心忉忉。國無政令，使我心勞。箋云：爾，女也。三諫不從，待放而去。思君如是，心忉忉然。

羔裘翱翔，狐裘在堂。堂，公堂也。箋云：翱翔，猶逍遥也。豈不爾思？我心憂傷。

羔裘如膏，日出有曜。日出照曜，然後見其如膏。豈不爾思？中心是

悼。悼，動也。箋云：悼，猶哀傷也。

《羔裘》三章，章四句。

素冠

《素冠》，刺不能三年也。喪禮：子爲父，父卒爲母，皆三年。時人恩薄禮廢，不能行也。

庶見素冠兮，棘人欒欒兮，庶，幸也。素冠，練冠也。棘，急也。欒欒，瘠貌。箋云：喪禮，既祥祭而縞冠素紕，時人皆解緩，無三年之恩於其父母，而廢其喪禮，故覬幸一見素冠，急於哀慼之人，形貌欒欒然臞瘠也。勞心慱慱兮。慱慱，憂勞也。箋云：勞心者，憂不得見。

庶見素衣兮，素冠故素衣也。箋云：除成喪者，其祭也朝服縞冠。朝服，緇衣素裳。然則此言素衣者，謂素裳也。我心傷悲兮，聊與子同歸兮。願見有禮之人，與之同

歸。箋云：聊，猶且也。且與子同歸，欲之其家，觀其居處。

庶見素韠兮，箋云：祥祭朝服素韠者，韠從裳色。我心蘊結兮，聊與子如一兮。子夏三年之喪畢，見於夫子，援琴而絃，衎衎而樂，作而曰：「先王制禮，不敢不及。」夫子曰：「君子也。」閔子騫三年之喪畢，見於夫子，援琴而絃，切切而哀，作而曰：「先王制禮，不敢過也。」夫子曰：「君子也。」子路曰：「敢問何謂也？」夫子曰：「子夏哀已盡，能引而致之於禮，故曰君子也。閔子騫哀未盡，能自割以禮，故曰君子也。」夫三年之喪，賢者之所輕，不肖者之所勉。箋云：「聊與子如一」，且欲與之居處，觀其行也。

《素冠》三章，章三句。

隰有萇楚

《隰有萇楚》，疾恣也。國人疾其君之淫恣，而思無情慾者也。恣，謂狡狘淫戲，不以禮也。

隰有萇楚，猗儺其枝。興也。萇楚，銚弋也。猗儺，柔順也。箋云：銚弋之性，始生正直，及其長大，則其枝猗儺而柔順，不妄尋蔓草木。興者，喻人少而端慤，則長大無情慾。夭之沃沃，樂子之無知。夭，少也。沃沃，壯佼也。箋云：知，匹也。疾君之恣，故於人年少沃沃之時，樂其無妃匹之意。

隰有萇楚，猗儺其華。夭之沃沃，樂子之無家。箋云：無家，謂無夫婦室家之道。

隰有萇楚，猗儺其實。夭之沃沃，樂子之無室。

《隰有萇楚》三章，章四句。

匪風

《匪風》，思周道也。國小政亂，憂及禍難，而思周道焉。

匪風發兮，匪車偈兮。發發飄風，非有道之風。偈偈疾驅，非有道之車。顧瞻周道，

中心怛兮。怛，傷也。下國之亂，周道滅也。箋云：周道，周之政令也。迴首曰顧。匪風飄兮，匪車嘌兮。迴風爲飄。嘌嘌，無節度也。顧瞻周道，中心弔兮。弔，傷也。

誰能亨魚？溉之釜鬵。溉，滌也。鬵，釜屬。亨魚煩則碎，治民煩則散，知亨魚則知治民矣。箋云：誰能者，言人偶能割亨者。誰將西歸？懷之好音。周道在乎西。懷，歸也。箋云：誰將者，亦言人偶能輔周道治民者也。檜在周之東，故言西歸。有能西仕於周者，我則懷之以好音，謂周之舊政令。

《匪風》三章，章四句。

檜國四篇，十二章，四十五句。

曹蜉蝣詁訓傳第十四　國風　鄭氏箋

蜉蝣

《蜉蝣》，刺奢也。昭公國小而迫，無法以自守，好奢而任小人，將無所依焉。

蜉蝣之羽，衣裳楚楚。興也。蜉蝣，渠略也，朝生夕死，猶有羽翼以自脩飾。楚楚，鮮明貌。箋云：興者，喻昭公之朝，其羣臣皆小人也。徒整飾其衣裳，不知國之將迫脅，君臣死亡無日，如渠略然。心之憂矣，於我歸處。箋云：歸，依歸。君當於何依歸乎？言有危亡之難，將無所就往。

蜉蝣之翼，采采衣服。采采，衆多也。心之憂矣，於我歸息。息，止也。

蜉蝣掘閱，麻衣如雪。掘閱，容閱也。如雪，言鮮絜。箋云：掘閱，掘地解閱，謂其始生時也。以解閱喻君臣朝夕變易衣服也。麻衣，深衣。諸侯之朝朝服，朝夕則深衣也。心之憂矣，於我歸說。箋云：說，猶舍息也。

《蜉蝣》三章，章四句。

候人

《候人》，刺近小人也。共公遠君子而好近小人焉。

彼候人兮，何戈與祋。候人，道路送賓客者。何，揭。祋，殳也。言賢者之官，不過候人。箋云：是謂遠君子也。彼其之子，三百赤芾。彼，彼曹朝也。芾，韠也。一命緼芾黝珩，再命赤芾黝珩，三命赤芾葱珩。大夫以上赤芾乘軒。箋云：之子，是子也。佩赤芾者三百人。

維鵜在梁，不濡其翼。鵜，洿澤鳥也。梁，水中之梁。鵜在梁，可謂不濡其翼乎？箋云：鵜在梁，當濡其翼，而不濡者，非其常也。以喻小人在朝，亦非其常。彼其之子，不稱其服。箋云：不稱者，言德薄而服尊。

維鵜在梁，不濡其咮。咮，喙也。彼其之子，不遂其媾。媾，厚也。箋云：

遂，猶久也。不久其厚，言終將薄於君也。

薈兮蔚兮，南山朝隮。薈、蔚，雲興貌。南山，曹南山也。隮，升雲也。箋云：薈蔚之小雲，朝升於南山，不能爲大雨，以喻小人雖見任於君，終不能成其德教。婉兮孌兮，季女斯飢。婉，少貌。孌，好貌。季，人之少子也。女，民之弱者。箋云：天無大雨，則歲不熟，而幼弱者飢，猶國之無政令，則下民困病。

《候人》四章，章四句。

鳲鳩

《鳲鳩》，刺不壹也。在位無君子，用心之不壹也。

鳲鳩在桑，其子七兮。興也。鳲鳩，秸鞠也。鳲鳩之養其子，朝從上下，莫從下上，平均如一。箋云：興者，喻人君之德，當均一於下也。以刺今在位之人不如鳲鳩。淑人君子，其儀一兮。箋云：淑，善。儀，義也。善人君子，其執義當如一也。其儀一兮，心如結兮。言執義一則用心固。

鳲鳩在桑，其子在梅。飛在梅也。淑人君子，其帶伊絲。其帶伊絲，其弁伊騏。騏，騏文也。弁，皮弁也。箋云：其帶伊絲，謂大帶也。大帶用素絲，有雜色飾焉。騏當作璂，以玉爲之。言此帶弁者，刺不稱其服。

鳲鳩在桑，其子在棘。淑人君子，其儀不忒。忒，疑也。其儀不忒，正是四國。正，長也。箋云：執義不疑，則可爲四國之長。言任爲侯伯。

鳲鳩在桑，其子在榛。淑人君子，正是國人。正是國人，胡不萬年。箋云：正，長也。能長人，則人欲其壽考。

《鳲鳩》四章，章六句。

下泉

《下泉》，思治也。曹人疾共公侵刻，下民不得其所，憂而思

明王賢伯也。

洌彼下泉，浸彼苞稂。興也。洌，寒也。下泉，泉下流也。苞，本也。稂，童粱。非溉草，得水而病也。箋云：興者，喻共公之施政教，徒困病其民。稂當作涼，涼草，蕭蓍之屬。愾我寤嘆，念彼周京。箋云：愾，嘆息之意。寤，覺也。念周京者，思其先王之明者。

洌彼下泉，浸彼苞蕭。蕭，蒿也。愾我寤嘆，念彼京周。

洌彼下泉，浸彼苞蓍。蓍，草也。愾我寤嘆，念彼京師。

芃芃黍苗，陰雨膏之。芃芃，美貌。四國有王，郇伯勞之。郇伯，郇侯也。諸侯有事，二伯述職。箋云：有王，謂朝聘於天子也。郇侯，文王之子，爲州伯，有治諸侯之功。

《下泉》四章，章四句。

曹國四篇，十五章，六十八句。

毛詩卷第八

豳七月詁訓傳第十五　國風　鄭氏箋

七月

《七月》，陳王業也。周公遭變，故陳后稷先公風化之所由，致王業之艱難也。周公遭變者，管、蔡流言，辟居東都。

七月流火，九月授衣。火，大火也。流，下也。九月霜始降，婦功成，可以授冬衣矣。箋云：大火者，寒暑之候也。火星中而寒暑退，故將言寒，先著火所在。一之日觱發，二之日栗烈。無衣無褐，何以卒歲？一之日，十之餘也。一之日，周正月也。觱發，風寒也。二之日，殷正月也。栗烈，寒氣也。箋云：褐，毛布也。卒，終也。此二正之月，人之貴者無衣，賤者無褐，將何以終歲乎？是故八月則當績也。三之日于耜，四之日舉趾。同我婦子，饁彼南畝，田畯至喜。三之日，夏正月也。豳土晚寒。于耜，始脩耒耜也。四之日，周四月也，民無不舉足而耕矣。饁，饋也。田畯，田大夫也。箋云：同，猶俱也。喜讀爲饎。饎，酒食也。耕者之婦子，俱以饟來至於南畝之中，其見田大夫，又爲設酒食焉，言勸其事，又愛其吏也。此章陳人以衣食爲急，餘章廣而成之。

七月流火，九月授衣。箋云：將言女功之始，故又本作此。春日載陽，有鳴倉庚。女執懿筐，遵彼微行，爰求柔桑。倉庚，離黄也。懿筐，深筐也。微行，牆下徑也。「五畝之宅，樹之以桑。」箋云：載之言則也。陽，温也。温而倉庚又鳴，可蠶之候也。柔桑，穉桑也。蠶始生，宜穉桑。春日遲遲，采蘩祁祁。女心傷悲，殆及公子同歸。遲遲，舒緩也。蘩，白蒿也，所以生蠶。祁祁，衆多也。傷悲，感事苦也。春女悲，秋士悲，感其物化也。殆，始。及，與也。豳公子躬率其民，同時出，同時歸也。箋云：春女感陽氣而思男，秋士感陰氣而思女，是其物化，所以悲也。悲則始有與公子同歸之志，欲嫁焉。女感事苦而生此志，是謂《豳風》。

七月流火，八月萑葦。薍爲萑。葭爲葦。豫畜萑葦，可以爲曲也。箋云：將言女功自始至成，故亦又本於此。蠶月條桑，取彼斧斨，以伐遠揚，猗彼女桑。

斨，方銎也。遠，枝遠也。揚，條揚也。角而束之曰猗。女桑，荑桑也。箋云：條桑，枝落之，采其葉也。女桑，少枝長條不枝落者，束而采之。**七月鳴鵙，八月載績。載玄載黄，我朱孔陽，爲公子裳。**鵙，伯勞也。載績，絲事畢而麻事起矣。玄，黑而有赤也。朱，深纁也。陽，明也。祭服玄衣纁裳。箋云：伯勞鳴，將寒之候也，五月則鳴。豳地晚寒，鳥物之候從其氣焉。凡染者，春暴練，夏纁玄，秋染夏。爲公子裳，厚於其所貴者説也。

四月秀葽，五月鳴蜩。八月其穫，十月隕蘀。不榮而實曰秀。葽，葽草也。蜩，螗也。穫，禾可穫也。隕，墜。蘀，落也。箋云：《夏小正》「四月，王萯秀」，葽其是乎？秀葽也，鳴蜩也，穫禾也，隕蘀也，四者皆物成而將寒之候，物成自秀葽始。**一之日于貉，取彼狐狸，爲公子裘。**于貉，謂取狐狸皮也。狐貉之厚以居，孟冬天子始裘。箋云：于貉，往搏貉以自爲裘也。狐狸以共尊者。言此者，時寒宜助女功。**二之日其同，載纘武功。言私其豵，獻豜于公。**纘，繼。功，事也。豕一歲曰豵，三歲曰豜。大獸公之，小獸私之。箋云：其同者，君臣及民，因習兵俱出田也。不用仲冬，亦豳地晚寒也。豕生三曰豵。

五月斯螽動股，六月莎雞振羽。七月在野，八月在宇，九月在户，十月蟋蟀入我牀下。斯螽，蚣蝑也。莎雞羽成而振訊之。箋云：自七月在野，至十月入我牀下，皆謂蟋蟀也。言此三物之如此，著將寒有漸，非卒來也。**穹窒熏鼠，塞向墐户。**穹，窮。窒，塞也。向，北出牖也。墐，塗也。庶人蓽户。箋云：爲此四者以備寒。**嗟我婦子，曰爲改歲，入此室處。**箋云：「曰爲改歲」者，歲終而「一之日觱發，二之日栗烈」，當避寒氣，而入所穹窒墐户之室而居之。至此而女功止。

六月食鬱及薁，七月亨葵及菽。八月剥棗，十月穫稻。爲此春酒，以介眉壽。鬱，棣屬。薁，蘡薁也。剥，擊也。春酒，凍醪也。眉壽，豪眉也。箋云：介，助也。既以鬱下及棗助男功，又穫稻而釀酒，以助其養老之具，是謂豳雅。**七月食瓜，八月斷壺，九月叔苴。采荼薪樗，食我農夫。**壺，瓠也。叔，拾也。苴，麻子也。樗，惡木也。箋云：瓜瓠之畜，麻實之糝，乾荼之菜，惡木之薪，亦所以助男養農夫之具。

九月築場圃，春夏爲圃，秋冬爲場。箋云：場圃同地耳。物生之時，耕治之以種菜茹，

至物盡成熟，築堅以爲場。十月納禾稼，黍稷重穋，禾麻菽麥。後熟曰重，先熟曰穋。箋云：納，内也。治於場而内之囷倉也。嗟我農夫！我稼既同，上入執宫功。入爲上，出爲下。箋云：既同，言已聚也，可以上入都邑之宅，治宫中之事矣。於是時，男之野功畢。晝爾于茅，宵爾索綯。宵，夜。綯，絞也。箋云：爾，女也。女當晝日往取茅歸，夜作絞索，以待時用。亟其乘屋，其始播百穀。乘，升也。箋云：亟，急。乘，治也。十月定星將中，急當治野廬之屋。其始播百穀，謂祈來年百穀于公社。

二之日鑿冰沖沖，三之日納于凌陰。四之日其蚤，獻羔祭韭。冰盛水腹，則命取冰於山林。沖沖，鑿冰之意。凌陰，冰室也。箋云：古者，日在北陸而藏冰，西陸朝覿而出之。祭司寒而藏之，獻羔而啓之。其出之也，朝之禄位，賓、食、喪、祭，於是乎用之。《月令》「仲春，天子乃獻羔開冰，先薦寢廟」。《周禮》凌人之職，「夏，頒冰掌事。秋，刷」。上章備寒，故此章備暑。后稷先公禮教備也。九月肅霜，十月滌場。朋酒斯饗，曰殺羔羊。肅，縮也。霜降而收縮萬物。滌，掃也，場功畢入也。兩樽曰朋。饗者，鄉人以狗，大夫加以羔羊。箋云：十月民事男女俱畢，無飢寒之憂，國君閒於政事而饗羣臣。躋彼公堂，稱彼兕觥，萬壽無疆。公堂，學校也。觥，所以誓衆也。疆，竟也。箋云：於饗而正齒位，故因時而誓焉。飲酒既樂，欲大壽無竟，是謂豳頌。

《七月》八章，章十一句。

鴟鴞

《鴟鴞》，周公救亂也。成王未知周公之志，公乃爲詩以遺王，名之曰《鴟鴞》焉。未知周公之志者，未知其欲攝政之意。

鴟鴞鴟鴞。既取我子，無毁我室。興也。鴟鴞，鸋鴂也。無能毁我室者，攻堅之故也。寧亡二子，不可以毁我周室。箋云：重言鴟鴞者，將述其意之所欲言，丁寧之也。室猶巢也。鴟鴞言已取我子者，幸無毁我巢。我巢積日累功，作之甚苦，故愛惜之也。時周公竟武王之喪，欲攝政成周道，致太平之功。管叔、蔡叔等流言云：「公將不利於孺子。」成王不知其

意，而多罪其屬黨。興者，喻此諸臣乃世臣之子孫，其父祖以勤勞有此官位土地，今若誅殺之，無絶其位，奪其土地。王意欲誚公，此之由然。**恩斯勤斯，鬻子之閔斯。**恩，愛。鬻，稚。閔，病也。稚子，成王也。箋云：鴟鴞之意，殷勤於此，稚子當哀閔之。此取鴟鴞子者，指稚子也。以喻諸臣之先臣，亦殷勤於此，成王亦宜哀閔之。

迨天之未陰雨，徹彼桑土，綢繆牖户。迨，及。徹，剥也。桑土，桑根也。箋云：綢繆，猶纏綿也。此鴟鴞自説作巢至苦如是，以喻諸臣之先臣，亦及文、武未定天下，積日累功，以固定此官位與土地。**今女下民，或敢侮予。**箋云：我至苦矣，今女我巢下之民，寧有敢侮慢欲毁之者乎？意欲恚怒之，以喻諸臣之先臣，固定此官位土地，亦不欲見其絶奪。

予手拮据，予所捋荼，予所蓄租，予口卒瘏，拮据，撠挶也。荼，萑苕也。租，爲。瘏，病也。手病口病，故能免乎大鳥之難。箋云：此言作之至苦，故能攻堅，人不得取其子。**曰予未有室家。**謂我未有室家。箋云：我作之至苦如是者，曰我未有室家之故。

予羽譙譙，予尾翛翛，譙譙，殺也。翛翛，敝也。箋云：手口既病，羽尾又殺敝，言己勞苦甚。**予室翹翹。風雨所漂摇，予維音嘵嘵。**翹翹，危也。嘵嘵，懼也。箋云：巢之翹翹而危，以其所託枝條弱也。以喻今我子孫不肖，故使我家道危也。風雨，喻成王也。音嘵嘵然，恐懼告愬之意。

《鴟鴞》四章，章五句。

東山

《東山》，周公東征也。周公東征，三年而歸，勞歸士，大夫美之，故作是詩也。一章言其完也，二章言其思也，三章言其室家之望女也，四章樂男女之得及時也。君子之於人，序其情而閔其勞，所以説也。説以使民，民忘其死，其唯《東山》乎？成王既得《金縢》之書，親迎周公。周公歸，攝政。三監及淮夷叛，周公乃東伐之，三年而後歸耳。分别章意者，周公於是志伸，美而詳之。

我徂東山，慆慆不歸。我來自東，零雨其濛。慆慆，言久也。濛，雨貌。箋云：此四句者，序歸士之情也。我往之東山既久勞矣，歸又道遇雨濛濛然，是尤苦也。我東曰歸，我心西悲。公族有辟，公親素服，不舉樂，爲之變，如其倫之喪。箋云：我在東山，常曰歸也。我心則念西而悲。制彼裳衣，勿士行枚。士，事。枚，微也。箋云：勿猶無也。女制彼裳衣而來，謂兵服也。亦初無行陳銜枚之事，言前定也。《春秋傳》曰：「善用兵者不陳。」蜎蜎者蠋，烝在桑野。蜎蜎，蠋貌。蠋，桑蟲也。烝，寘也。箋云：蠋蜎蜎然特行，久處桑野，有似勞苦者。古者聲寘、填、塵同也。敦彼獨宿，亦在車下。箋云：敦敦然獨宿於車下，此誠有勞苦之心。

我徂東山，慆慆不歸。我來自東，零雨其濛。果臝之實，亦施于宇。伊威在室，蠨蛸在户。町畽鹿場，熠燿宵行。果臝，栝樓也。伊威，委黍也。蠨蛸，長踦也。町畽，鹿迹也。熠燿，燐也。燐，螢火也。箋云：此五物者，家無人則然，令人感思。不可畏也，伊可懷也。箋云：「伊」當作「緊」，緊猶是也。懷，思也。室中久無人，故有此五物，是不足可畏，乃可爲憂思。

我徂東山，慆慆不歸。我來自東，零雨其濛。鸛鳴于垤，婦歎于室。洒埽穹窒，我征聿至。垤，螘冢也。將陰雨，則穴處先知之矣。鸛好水，長鳴而喜也。箋云：鸛，水鳥也，將陰雨則鳴。行者於陰雨尤苦，婦念之則歎於室也。穹，窮。窒，塞。洒，灑。埽，拚也。穹窒，鼠穴也。而我君子行役，述其日月，今且至矣。言婦望也。有敦瓜苦，烝在栗薪。敦，猶專專也。烝，衆也。言我心苦，事又苦也。箋云：此又言婦人思其君子之居處。專專如瓜之繫綴焉。瓜之瓣有苦者，以喻其心苦也。烝，塵。栗，析也。言君子又久見使析薪，於事尤苦也。古者聲栗、裂同也。自我不見，于今三年。

我徂東山，慆慆不歸。我來自東，零雨其濛。箋云：凡先著此四句者，皆爲序歸士之情。倉庚于飛，熠燿其羽。箋云：倉庚仲春而鳴，嫁取之候也。熠燿其羽，羽鮮明也。歸士始行之時，新合昏禮，今還，故極序其情以樂之。之子于歸，皇駁其馬。黄白曰皇，騮白曰駁。箋云：之子于歸，謂始嫁時也。皇駁其馬，車服盛也。親結其縭，

九十其儀。縭，婦人之褘也。母戒女施衿結帨，九十其儀，言多儀也。箋云：女嫁，父母既戒之，庶母又申之。九十其儀，喻丁寧之多。其新孔嘉，其舊如之何？言久長之道也。箋云：嘉，善也。其新來時甚善，至今則久矣，不知其如何也。又極序其情樂而戲之。

《東山》四章，章十二句。

破斧

《破斧》，美周公也。周大夫以惡四國焉。惡四國者，惡其流言毀周公也。

既破我斧，又缺我斨。隋銎曰斧。斧斨，民之用也。禮義，國家之用也。箋云：四國流言，既破毀我周公，又損傷我成王，以此二者爲大罪。周公東征，四國是皇。四國，管、蔡、商、奄也。皇，匡也。箋云：周公既反，攝政，東伐此四國，誅其君罪，正其民人而已。哀我人斯，亦孔之將。將，大也。箋云：此言周公之哀我民人，其德亦甚大也。

既破我斧，又缺我錡。鑿屬曰錡。周公東征，四國是吪。吪，化也。哀我人斯，亦孔之嘉。箋云：嘉，善也。

既破我斧，又缺我銶。木屬曰銶。周公東征，四國是遒。遒，固也。箋云：遒，斂也。哀我人斯，亦孔之休。休，美也。

《破斧》三章，章六句。

伐柯

《伐柯》，美周公也。周大夫刺朝廷之不知也。成王既得雷雨大風之變，欲迎周公，而朝廷羣臣猶惑於管、蔡之言，不知周公之聖德，疑於王迎之禮，是以刺之。

伐柯如何？匪斧不克。柯，斧柄也。禮義者，亦治國之柄。箋云：克，能也。伐柯之道，唯斧乃能之。此以類求其類也。以喻成王欲迎周公，當使賢者先往。取妻如何？匪媒不得。媒，所以用禮也。治國不能用禮則不安。箋云：媒者，能通二姓之言，定人室

家之道。以喻王欲迎周公，當先使曉王與周公之意者又先往。

伐柯伐柯，其則不遠。以其所願乎上交乎下，以其所願乎下事乎上，不遠求也。箋云：則，法也。伐柯者必用柯，其大小長短近取法於柯，所謂不遠求也。王欲迎周公使還，其道亦不遠，人心足以知之。**我覯之子，籩豆有踐。**踐，行列貌。箋云：覯，見也。之子，是子也，斥周公也。王欲迎周公，當以饗燕之饌行，至則歡樂以説之。

《伐柯》二章，章四句。

九罭

《九罭》，美周公也。周大夫刺朝廷之不知也。

九罭之魚，鱒魴。興也。九罭，緵罟，小魚之網也。鱒魴，大魚也。箋云：設九罭之罟，乃後得鱒魴之魚，言取物各有器也。興者，喻王欲迎周公之來，當有其禮。**我覯之子，衮衣繡裳。**所以見周公也。衮衣，卷龍也。箋云：王迎周公，當以上公之服往見之。

鴻飛遵渚，鴻不宜循渚也。箋云：鴻，大鳥也，不宜與鳧鷖之屬飛而循渚，以喻周公今與凡人處東都之邑，失其所也。**公歸無所，於女信處。**周公未得禮也。再宿曰信。箋云：信，誠也。時東都之人欲周公留不去，故曉之云：公西歸而無所居，則可就女誠處是東都也。今公當歸復其位，不得留也。

鴻飛遵陸，陸非鴻所宜止。**公歸不復，於女信宿。**宿，猶處也。

是以有衮衣兮，無以我公歸兮，無與公歸之道也。箋云：是，是東都也。東都之人欲周公留爲之君，故云「是以有衮衣」。謂成王所賫來衮衣，願其封周公於此。以衮衣命留之，無以公西歸。**無使我心悲兮！**箋云：周公西歸，而東都之人心悲，恩德之愛至深也。

《九罭》四章，一章四句，三章章三句。

狼跋

《狼跋》，美周公也。周公攝政，遠則四國流言，近則王不知。周大夫美其不失其聖也。不失其聖者，聞流言不惑，王不知不怨，終立其志，成周之王功，致大平，復成王之位，又爲之大師，終始無愆，聖德著焉。

狼跋其胡，載疐其尾。興也。跋，躐。疐，跲也。老狼有胡，進則躐其胡，退則跲其尾，進退有難，然而不失其猛。箋云：興者，喻周公進則躐其胡，猶始欲攝政，四國流言，辟之而居東都也；退則跲其尾，謂後復成王之位，而老，成王又留之。其如是，聖德無玷缺。公孫碩膚，赤舄几几。公孫，成王也，豳公之孫也。碩，大。膚，美也。赤舄，人君之盛屨也。几几，約貌。箋云：公，周公也。孫，讀當如「公孫于齊」之孫。孫之言孫，遁也。周公攝政，七年致大平，復成王之位，孫遁辟此成功之大美，欲老，成王又留之，以爲大師，履赤舄几几然。

狼疐其尾，載跋其胡。公孫碩膚，德音不瑕。瑕，過也。箋云：不瑕，言不可疵瑕也。

《狼跋》二章，章四句。

豳國七篇，二十七章，二百三句。